Un trabajo inesperado

B. Bordoy Barceló

Un trabajo inesperado
B. Bordoy Barceló
Ilustraciones interiores y portada: Alejandra Hg
Primera Edición: Marzo 2017
ISBN: 978-1544030357

Sois pocos los que habéis estado ahí,
pero es mucho lo que habéis hecho por mí.
Gracias.

Índice

1. ¿Por qué te persiguen?

La cantina empezaba a llenarse rápidamente. Gran parte de los trabajadores de la estación espacial de Pykek habían terminado su jornada laboral y muchos habían decidido gastar parte de su sueldo diario en refrescar sus extenuadas gargantas. Al fondo de esta, un grupo de músicos tocaba sus instrumentos intentando ahogar los gritos y las voces en una decena de idiomas que se escuchaban a lo largo de todo el lugar. Enormes pantallas, colocadas y aseguradas en sitios donde no pudieran ser arracadas por los clientes, mostraban diversos canales, todos con deportes violentos en los que la sangre era el plato principal.

Paken, una lagartija bípeda originaria del planeta Ohks, se deslizaba entre las mesas tratando de que nadie pisara su cola escamada, que se movía de un lado a otro. No tardó en llegar a una de ellas, donde un humano bebía tranquilamente una copa que contenía un líquido burbujeante y verdoso. El reptil lo observó por un momento; vestía una camiseta roja bajo un chaleco oscuro repleto de bolsillos que se complementaba con los pantalones grises que portaba y que tenían dos grandes rayas de color a los lados. Su piel tenía un tono tostado y poseía un rostro amigable. Aunque, como pudo comprobar el lagarto, sus ojos mostraban una inteligencia y frialdad no muy propias de alguien afable.

—Mi jefe no está contento contigo, Vhan —anunció Paken, sentándose frente al hombre.

Este dejó el vaso sobre la mesa y miró a su interlocutor. Una ligera sonrisa asomó en su rostro al ver su vestimenta. A pesar de las coloridas luces de la cantina, los colores chillones del traje calorífico ohksiano que llevaba para mantener su temperatura corporal, destacaban sobre todas ellas.

—¿Has traído mi dinero? —Espetó Vhan, recolocándose en el asiento.

—Sí, la mitad de lo que acordamos —explicó, lanzando frente a este una pieza de metal brillante, de diez centühns de largo y de un dedo de grosor—. Es lo que Bax ha dicho que te merecías por tu trabajo.

—¿¡Estás de coña!? —Gritó colérico, haciendo que algunos de los seres de las mesas vecinas lo miraran por un segundo. El humano, al darse cuenta del error, volvió a bajar el tono—. Acordamos diez mil créditos por traeros la mercancía.

—Pero trajiste la mitad. Creo que el resto lo lanzaste al espacio sideral, ¿no es así? —Inquirió la lagartija al tiempo que sacaba su sonrosada lengua y se la pasaba por uno de los ojos. Vhan hizo una mueca de asco antes de bajar la mirada, incómodo ante aquella cualidad propia de los ohksianos.

—Esto no me basta ni para reparar la nave. Si alguien me hubiera dicho que los de la Garra Roja estaban detrás de vuestros productos habría sido un buen detalle —comentó con malestar mientras agarraba la bebida de nuevo y se la terminaba de un trago—. Además, es mejor la mitad de algo que nada.

—No es nuestro problema, humano. Tú eres el que aceptaste el trabajo y nos prometiste que serías capaz de traernos todos los suministros que te entregaron. Sabías que no se trataba de un simple paseo por el espacio o, sino, es que eres un completo estúpido —respondió este, escupiendo aquellas palabras—. Creía que eráis profesionales y comprendíais en lo que os estabais metiendo. Da gracias de que Bax es generoso y os paga por la parte que sí nos habéis entregado. Si hubiera sido por mí, no os habría dado ni un mísero crédito.

—Ya sé que estas operaciones son peligrosas, pero si hubiera sabido que ellos podían aparecer os hubiera pedido el doble.

—Si no estás contento con este dinero, me lo llevaré —bufó Paken al tiempo que tendía sus largos dedos hacia la pieza de metal.

—¡Las manos quietas! —Le interrumpió Vhan, sacando con rapidez la pistola que llevaba en la pernera del pantalón y apuntando al lagarto, que se detuvo al instante mientras parpadeaba, primero con un ojo y luego con el otro—. Eso es mío.

—¿Así que ahora aceptas el pago? —Preguntó este al tiempo que dejaba entrever una larga hilera de dientes blanquecinos en un lado de la cara. Como si tratara de sonreír igual que un humano a pesar de que sus facciones no estaban preparadas para hacerlo—. Al final eres un mercenario como el resto.

—Esto es mejor que nada. Lo necesito para mi nave —explicó él, haciendo caso omiso a aquel último comentario, agarrando el metal y llevándoselo al bolsillo—. Pero dile a tu jefe que no habrá próxima vez. No si me vuelve a ocultar información. Y menos si luego no quiere pagarme lo acordado.

—Deberías recordar tu posición en esta galaxia, humano, ¿o es que la has olvidado?

El lagarto se recostó en el asiento, dejando que sus palabras hicieran eco en la mente de Vhan mientras jugueteaba con la pulsera de cuentas de madera que llevaba en la muñeca izquierda y de la que colgaba un colmillo. Estaba disfrutando.

—Bax se compadeció de ti y te dio una oportunidad por la que otros, mucho mejores que tú, habrían matado. ¿Y qué es lo que haces? Quejarte. Aun habiendo fallado en tu misión te atreves a pedir más de lo que se te ha dado. Tendrías que estar agradecido de que aún se te permita respirar, pues, por alguna extraña razón, le caes bien a mi jefe. Pero tu suerte puede acabar, y sabes perfectamente que son pocos los que contratan a humanos para este tipo de trabajos. A no ser que quieras probar suerte en las minas de gas de Mojen, como uno más de esos esclavos que no duran ni un año debido a los latigazos y al aire tóxico.

El humano miró con furia al reptil. A pesar de que sentía cómo el dedo que tenía sobre el gatillo palpitaba con fuerza intentado cerrarse sobre este, no se lo permitió. Sabía perfectamente que no iba a conseguir nada si decidía descargar su arma contra la cabeza de aquella criatura.

—¡Qué te den! —Gritó Vhan con fiereza—. Me importa una mierda lo que un puto lagarto como tú pueda decirme. Vamos, vete de aquí antes de que te pegue un tiro y tu jefe tenga que limpiar tus sesos de las paredes.

—Esto no acabará así, sucia escoria humana. —Paken escupió en el suelo antes de levantarse de su asiento y mirar por última vez al mercenario—. No pienso olvidar lo que has hecho hoy. Ya sabes qué es lo que les pasa a los que me amenazan a mí o a Bax.

El mercenario se quedó sentado, apuntando al espacio vacío que tenía ahora frente a él, observando cómo Paken se alejaba de la mesa, entremezclándose con el resto de los presentes. Suspiró con fuerza mientras volvía a enfundar el arma. Sabía que las últimas palabras del lagarto eran totalmente ciertas, aquel acto le iba a acarrear problemas. Desafiar a uno de los comandantes de Bax, el mafioso que dominaba todo el sector, tenía consecuencias funestas para cualquiera lo suficientemente loco para hacerlo. Ni siquiera las fuerzas del orden se atrevían a intervenir en sus negocios, pues muchos eran los que habían probado su dureza y crueldad. Aunque Paken le hubiera dicho que por ahora tenía su favor, estaba seguro de que necesitaba alejarse de la estación y de los dominios de aquel ser durante un tiempo. Al menos, hasta que todo se hubiera relajado de nuevo y pudiera volver a presentarse frente a él como un mercenario más y no como un hombre que se dirige hacia el patíbulo.

Vhan abandonó la cantina tras haber tomado otra copa más para bajar los nervios que recorrían su cuerpo. Aquella mezcla de temor y ebriedad le hacía tambalearse mientras recorría los pasillos de la estación en dirección al hangar, donde se encontraba su nave.

No sabía muy bien cuánto tiempo había pasado deambulando entre los corredores de la estación cuando, desde uno de los pasillos laterales, apareció una joven que se abalanzó sobre él a toda velocidad, cayendo los dos contra el suelo metálico.

—¡Cuidado! —Gritó Vhan al tiempo se llevaba una mano a la cabeza dolorida y miraba a su agresora, una humana de unos treinta años, o incluso menos.

—¡Ayúdeme, me persiguen! —Exclamó ella con rapidez, aferrándose al chaleco de piel y haciendo que él la arrastrara al levantarse, quedándose de pie, uno frente al otro.

—¿Quién te persigue? —Preguntó el mercenario, agarrándola por los hombros para tratar de tranquilizarla.

Fue en ese momento cuando se dio cuenta de que sus ropas estaban llenas de sangre. La alejó para ver si estaba herida, pero no distinguió ningún corte o lesión y comprendió al instante que pertenecía a otra persona.

—¿Qué ha pasado?

Antes de que la mujer pudiera responder a aquella última pregunta, una portentosa voz procedente del final del pasillo y con un duro acento, la interrumpió.

—¡Tú, humano!

A pesar de la larga melena cobriza y oscura que ocultaba parte de su rostro, el mercenario pudo comprobar cómo sus ojos, de un color verde intenso, mostraban un auténtico terror al escuchar aquella voz. La joven se agarró con más fuerza que antes al torso de Vhan, temblando. El mercenario se quedó mirándola por un segundo, sorprendido al ver su reacción, antes de volverse hacia las dos criaturas que se acercaban a ellos.

Pudo reconocerlos al instante; el de la izquierda era un balnir, un ser humanoide con una piel de color añil y con diversas púas en la cabeza a modo de pelo. Aunque se encontraba a cierta distancia, pudo distinguir los dos largos y característicos incisivos que sobresalían por debajo de sus labios finos y de un color más oscuro.

El otro era un scroc, un pariente evolucionado de las ranas, que poseía unos grandes ojos saltones de color naranja y que llevaba un bulboso collar repleto de un líquido verdoso usado para que la piel de aquella especie nunca se resecara.

Pese a que aquellos seres intentaban ocultarlo, Vhan pudo comprobar que iban armados. El ser azulado llevaba una pistola en la pernera del pantalón, muy similar a la suya, y el anfibio tenía la empuñadura de un cuchillo sobresaliendo de su bota derecha. Esta brilló por un instante al pasar por delante de una de las luces del corredor.

—Esa mujer es nuestra, entréganosla —ordenó el anfibio.

—Por favor, ayúdeme, han matado a mi familia —rogó la mujer entre sollozos, aferrándose más a él.

—¿Es que estás sordo, estúpido mono sin pelo? —Preguntó irritado el de los cuernos al ver que el humano no había obedecido a su compañero al instante.

—Danos a la humana y no te pasará nada —Explicó el otro, cogiendo el cuchillo de su bota y jugueteando con él para que Vhan entendiera las consecuencias de no hacer lo que le decían.

—¡No dejes que me lleven, por favor! —Suplicó ella entre lágrimas, buscando en aquel hombre su salvación.

—No parece que quiera venir con vosotros —comentó Vhan, moviendo lentamente a la mujer hasta dejarla detrás de él—. ¿Qué ha hecho? Si es un asunto de dinero yo puedo…

—¡A ti no te incumbe, maldita escoria humana! —Espetó el ser azulado, sacando con furia el arma y colocándola tan cerca del rostro del mercenario que este pudo ver la sobrenatural oscuridad que habitaba su interior—. Entréganos a la mujer y podrás salir de aquí con vida.

—Tranquilos, no quiero problemas —anunció el mercenario con lentitud. Todos los vapores del alcohol se habían disipado y su mente estaba totalmente despierta. Miró a la cara a los dos seres que tenía frente a él para medir lo lejos que estaban dispuestos a llegar. No cabía duda de que iban a hacer todo lo necesario para conseguir a la mujer—. Pero sé muy bien que no podéis llevaros a esta joven sin más, debéis tener una orden de captura o las pruebas de que haya incumplido una ley o cometido algún crimen.

—Ya me he cansado de este estúpido humano —anunció la rana, lanzándose contra él con el cuchillo por delante.

Vhan esquivó el ataque al tiempo que lanzaba su puño contra el rostro del scroc, que impactó con fuerza. Una húmeda e irritante sensación envolvió su mano al golpear la piel del anfibio.

Su compañero, sorprendido ante su rápida reacción, trató de apretar el gatillo, pero era demasiado tarde. El hombre agarró su brazo y le hizo errar el tiro.

Con un débil zumbido, el proyectil de plasma emergió del arma e impactó contra la pared metálica del corredor, dejando una gran marca de quemadura y haciendo que la joven, asustada, se agachara y se llevara las manos a la cabeza.

Los dientes puntiagudos de aquel ser asomaron por debajo de sus oscuros labios mientras trataba de zafarse del fuerte agarre del mercenario, que ya había lanzado un golpe contra sus costillas. El balnir se dobló por la mitad debido a la fuerza del puñetazo y Vhan aprovechó ese mismo instante para lanzarle un duro rodillazo contra la cabeza. La nariz se rompió con un intenso crujido, que resonó a lo largo del pasillo, cayendo de espaldas inconsciente y con el rostro lleno de sangre de color amarillento.

—¡Maldita sea! —Exclamó el humano mientras agitaba su mano derecha, totalmente roja y con unas pequeñas ampollas que empezaban a aparecer por toda la zona. Miró a la mujer, que seguía agachada en un rincón del pasillo—. ¿Estás bien?

La joven alzó la cabeza para mirar a su salvador, quien, con una gran sonrisa, le tendía una mano para ayudar a levantarse. Dudó por un segundo, pero asintió y la aceptó.

Antes de que alguno de los dos pudiera decir nada, una bola de plasma pasó entre ambos y se estrelló contra la pared de la estación. Vhan se volvió rápidamente, sacando su pistola y descargándola contra un grupo de cuatro seres que se movía a pasos agigantados por el pasillo, todos provistos con aquellas peligrosas armas de energía.

—¡Hay que correr! —Gritó mientras tiraba de la joven.

Las voces de los perseguidores, el impacto de los proyectiles y los fuertes pasos de todos ellos creaban una intensa melodía que se extendía por el corredor y los alrededores. Los residentes de la estación se afanaban en cubrirse o esconderse de aquel caos, tratando de no resultar heridos por el fuego cruzado.

—¿A dónde vamos? —Preguntó la joven con voz temblorosa y entrecortada debido al esfuerzo de mantener el ritmo de Vhan.

—A mi nave, hay que salir de aquí cuanto antes —explicó este mientras giraban y se adentraban en una nueva galería. El mercenario disparó su arma para ralentizar el paso de sus perseguidores antes de soltar a la mujer y así poder deslizar la manga derecha de la chaqueta, dejando a la vista la muñequera digital que llevaba. Apretó un botón con el dedo índice—. Tidux, ¿me oyes?

—Sí, ¿qué pasa? —Interrogó una voz enérgica y con un tono ligeramente artificial—. ¿Eso que oigo es lo que creo que es?

—No es momento para explicaciones, enciende los propulsores y estate preparado para partir en cuanto lleguemos, vamos a necesitar salir pitando de aquí.

—¿Lleguemos?

—¡Haz lo que te digo! —Gritó antes de cortar la comunicación y girarse para descargar su arma de nuevo.

—¿Con quién hablabas? —Preguntó la mujer al ver cómo terminaba aquella conversación a través del comunicador de muñeca.

—Mi copiloto. ¡Vamos, si puedes hablar, puedes correr más rápido! —Exclamó este, agarrando de nuevo su mano y tirando de ella.

Fue en ese momento que distinguió una gran tubería con una señal de peligro. Con un rápido movimiento del arma, la hizo estallar con uno de sus proyectiles. Una gran nube de vapor caliente inundó el pasillo, bloqueando el paso al resto de seres que les seguían.

—¡Corre, ya no estamos lejos!

Las pesadas y desgastadas puertas de acero se abrieron dejando ver el enorme hangar que ocultaban. Los dos humanos atravesaron el umbral y avanzaron hasta quedarse sobre la plataforma suspendida desde la que podían ver todo el piso inferior, donde descansaban la gran mayoría de las naves de la estación espacial. No había manera de saber cuántas eran, pues a cada minuto decenas se alzaban y otras muchas se posaban en aquel inmenso espacio como si de una ensayada danza se tratara. El ruido de los motores al encenderse, así como las voces de los técnicos, mecánicos, ingenieros y comerciantes que se movían a su alrededor creaban un zumbido ensordecedor. Había todo tipo de vehículos; desde algunos polvorientos que podían considerarse simples trozos de chatarra, hasta otros recién sacados de los astilleros espaciales y que aún relucían bajo la iluminación de los focos.

A pesar de que la mayoría de las naves espaciales de la estación tenían carácter civil: recolección de chatarra, comercio y transporte, mantenimiento o extracción de gas y minerales, en muchas de estas se podían distinguir cañones de plasma o torretas de proyectiles en su fuselaje. Incluso las más grandes poseían bahías de misiles y láseres de alta potencia. Todos los pilotos sabían que el espacio podía ser peligroso y mortífero para cualquiera que no estuviera preparado; y esas armas les daban la protección que necesitaban para poder realizar su trabajo de manera más segura.

—Parece que les hemos despistado —comentó Vhan mientras recuperaba el aliento y miraba al pasillo para asegurarse de que no les perseguían. Se volvió hacia el hangar y escudriñó el lugar durante un largo minuto hasta que señaló una de las naves que descansaban en el piso inferior—. Ese es nuestro transporte, vamos, cuanto antes salgamos de aquí, mejor.

La mujer siguió aquel dedo hasta el punto que el mercenario había marcado y sintió cómo su corazón se encogía al ver el estado en el que se encontraba aquel vehículo. Gran parte de la pintura había desaparecido, dejando a la vista en muchos puntos el metal que había debajo de la capa de índigo que lo cubría por entero. Las líneas de color anaranjado que perfilaban las zonas más prominentes de la estructura también se habían borrado casi por completo bajo los impactos de los proyectiles y las marcas de quemadura. A pesar de ello, aunque no sin cierta dificultad, se podían distinguir las palabras *Estrella Oscura* escritas en negro. Por otro lado, las alas no parecían tener mejor aspecto, pues una de ellas tenía un agujero que dejaba a la vista el doble casco, del que saltaban chispas.

—¿Esa, esa es tu nave?

—Si quieres quedarte aquí, tú misma, pero yo me voy. —Le dijo Vhan al escuchar el tono con el que había hablado su acompañante. Agarró la escalera de metal que llegaba al piso inferior y se deslizó por ella, haciendo que chirriara a medida que descendía.

Ella le miró desconcertada; no sabía si debía seguir a aquel desconocido o escapar por otro lado ahora que habían conseguido despistar a sus perseguidores. En ese momento, mientras se debatía en qué elección tomar, el estruendoso zumbido de un arma de plasma la devolvió a la realidad. Aquellos seres los habían encontrado de nuevo. Acababan de salir por otra de las puertas de la plataforma y descargaban sus armas contra Vhan, que se había parapetado tras unas cajas, devolviendo los disparos.

—¿¡Qué decides!? —Gritó Vhan con fuerza desde detrás de su cobertura para hacerse oír sobre el resto de los sonidos que ocupaban el hangar.

Inspiró fuertemente, agarró la escalera y comenzó a bajar con rapidez a medida que sentía cómo los proyectiles pasaban a su alrededor. Cerró los ojos mientras seguía descendiendo, oyendo el crepitar del plasma al atravesar el aire y el aroma característico que dejaba y que se incrustaba con fuerza en su cerebro.

De pronto sintió cómo alguien la agarraba por la cintura, haciendo que soltara un grito antes de darse cuenta de que se trataba de Vhan, que intentaba ayudarla a bajar los últimos peldaños. El mercenario siguió disparando contra sus enemigos al tiempo que la empujaba en la dirección que le había indicado anteriormente.

Los dos avanzaban entre las naves, haciendo que las gentes que inundaban todo el hangar se escabulleran para no resultar heridas en aquel tiroteo.

—¡Tidux, abre la maldita puerta! —Gritó el humano al llegar junto al vehículo, cubriéndose tras este antes de lanzar una nueva ráfaga contra sus enemigos, que ya descendían desde la plataforma superior a través de los ascensores de carga.

—¿La contraseña? —Preguntó con cierta melodía una voz a través del comunicador de muñeca de Vhan.

—No estoy para bromas, ¡abre de una maldita vez! —Ordenó este, descargando su arma contra uno de los perseguidores.

—El otro día, cuando yo estaba fuera, me dijiste que esto era divertido…

La voz, ligeramente ofendida, enmudeció antes de que la puerta de la bodega de carga chirriara e iniciara su lento descenso hacia el hangar. Al mismo tiempo, Vhan comprobaba cómo aquellos seres se acercaban rápidamente a ellos, tomando posiciones. Los segundos se hacían eternos mientras intentaba contenerlos, disparando contra todo lo que se moviera hacia ellos.

De pronto, cuando la compuerta golpeó el suelo, un proyectil salió del interior de la nave e impactó contra una de las coberturas que usaban los perseguidores, alzándose una gran columna de fuego y haciendo que todos los presentes se agacharan aún más en sus respectivos escondites.

—¡Eso, agachaos u os quemaré el culo! —Exclamó una voz procedente de la parte superior de la rampa—. ¡Vamos, yo os cubro!

—¡Corre, sube! —Ordenó a la mujer.

A pesar del miedo que sentía en aquel momento, pasó agachada alrededor del mercenario mientras él seguía descargando su arma para cubrirla. Subió casi a gatas hacia el interior de la bodega de carga cuando se dio cuenta de que había alguien más ahí, frente a ella. Era un robot.

Alzó lentamente la mirada para contemplarlo. Había visto algunos a lo largo de su vida en la estación, pero aquel le provocó una extraña turbación. Medía dos ühns de alto, más de uno de ancho y gran parte de su desgastado cuerpo metálico estaba protegido por placas cerámicas del mismo color anaranjado que la nave. Con un ligero zumbido movió el gran fusil de fusión que tenía entre las manos y disparó de nuevo, iluminando por un segundo aquel cuerpo artificial y dejando que el arma escupiera su ráfaga mortal contra los que la perseguían.

—¡Vamos, olvídate de ellos y salgamos de aquí! —Gritó Vhan, que había subido la rampa tras la mujer y ahora corría hacia la cabina de mando.

—¿Quién es, un nuevo ligue? —Preguntó Tidux, bajando el arma y analizándola con sus ojos robóticos.

Esta le devolvió la mirada, sorprendida ante el rostro que tenía frente a ella. La mayoría de los androides que había visto no tenían unos rasgos definidos, pero aquel sí que los poseía. A pesar de que no tenía nariz o pelo, sus facciones demostraban que había sido construido a imagen y semejanza de los humanos.

—¡Deja de tocarme los huevos y ven aquí! —Exclamó el mercenario, saltando sobre su asiento y apretando una secuencia de botones para cerrar la puerta trasera y preparar los propulsores.

—Sígueme —rogó el robot, que ya había comenzado a deslizarse a través de la bodega de carga con fuertes pasos.

—Siéntate ahí, agárrate bien, no digas nada y ni se te ocurra tocar ninguno de los botones que ves —pidió Vhan, señalando el asiento que había detrás del de copiloto, dónde se situaba una consola repleta de interruptores y diversos monitores.

Ella asintió mientras veía cómo Tidux, que ya se había colocado en el de delante, comprobaba los indicadores y las pantallas. Súbitamente, uno de los proyectiles enemigos impactó con fuerza sobre la nave, haciendo que agachara la cabeza.

—¡Malditos desgraciados, si siguen disparando vamos a explotar! —Exclamó, tirando de las palancas y haciendo que la nave alzara el vuelo, elevándose sobre el resto del hangar—. ¡Vámonos!

La Estrella Oscura se alejó a toda velocidad de los disparos de sus perseguidores, acercándose al escudo de energía que protegía el hangar del espacio exterior.

—¿Destino? —Preguntó el copiloto al tiempo que introducía un código de seguridad en la computadora para poder atravesar aquella protección sin problemas.

—Las Lunas de Medic, ahora mismo necesitaremos escondernos durante un tiempo —respondió el capitán—. Creo que ahí estaremos a salvo.

Antes de que terminara de hablar, el espacio les rodeó, sepultándolos en una atmosfera oscura, fría y sin ruido, dejando únicamente el sonido del propio motor y las vibraciones que llegaban hasta ellos desde la sala de máquinas. Vhan buscó a través de los cristales, y a medida que se alejaban de la estación espacial, alguna señal de peligro entre la gran cantidad de naves que se movían a su alrededor, surcando el cosmos.

—Creo que ya nos hemos alejado lo suficiente de las rutas de tránsito para saltar —anunció el mercenario poco tiempo después.

—Muy bien, estableciendo las coordenadas… —indicó Tidux, activando los paneles de control—. Lunas de Medic fijadas. Saltando en, tres, dos…

—Agárrate —intervino Vhan, dirigiéndose a la mujer.

—Uno, saltamos —informó el robot al tiempo que accionaba la palanca, pero no pasó nada.

—¿Pero qué, por qué no hemos saltado? —Preguntó Vhan, mirando las estrellas circundantes.

—Habrá algún cortocircuito en los relés de propulsión. Estaba revisándolos cuando me has llamado y has dicho que lo preparara todo para partir —explicó este, comprobando los datos que aparecían en la pantalla.

—Pues hay que arreglarlo cuanto antes —anunció el humano, desabrochándose el cinturón y levantándose de un salto.

Fuertes golpes y algunas maldiciones salían desde el interior de la sala de máquinas mientras Vhan trataba de hacer funcionar el sistema de salto de la nave. De pronto, las luces se apagaron, dejándolo todo a oscuras.

—¡Maldita mierda de nave! —Gritó este, golpeando con su martillo uno de los paneles de control—. El día que tenga dinero pienso convertirte en una montaña de chatarra y comprarme una nueva que no me dé tantos problemas.

Como si esta hubiera hecho caso a las amenazas del mercenario y a los golpes recibidos, la luz volvió a encenderse. Los paneles de la cabina recuperaron la energía, iluminándose con diversos colores al tiempo que la imagen holográfica del radar volvía a la vida y mostraba un grupo de señales que parpadeaban, aproximándose al punto central, que tenía una forma muy parecida a la nave en la que se encontraban.

—¿Qué es eso? —Preguntó la mujer al tiempo que señalaba con el dedo el radar, haciendo que el robot se volviera hacia este.

—¡Tenemos compañía! —Gritó Tidux a través de los altavoces internos—. Dos contactos. Tipo dos. Acaban de salir de la estación y vienen directos hacia nosotros.

—Lo que nos faltaba —masculló Vhan, alzando la cabeza de los relés y quitándose el sudor de la frente con el dorso de la mano—. ¿Cuánto tiempo tenemos?

—Dos minutos, quizá menos.

—Muy bien, voy a tratar de puentear el sistema. Si eso no funciona, estamos condenados.

Todo quedó en completo silencio, solo el sonido de las herramientas y del radar rompían la quietud que invadía la nave. De improviso, esta se zarandeó de un lado para otro, haciendo que Vhan se golpeara contra la pared.

—Eso ha sido un disparo, los tenemos encima.

—Gracias, no me había dado cuenta —respondió el humano, apretando los dientes por el dolor y comprobando que no se había abierto la cabeza con el golpe. Colocó de nuevo los contactos que había quitado al tablero de control y una luz le indicó que la energía volvía a circular a través de este—. ¡Creo que ya está, prueba ahora!

El androide revisó las pantallas y comandos, comprobando que los indicadores que antes parpadeaban sin cesar ahora estaban en verde, listos para realizar su función.

—¡Afirmativo, están operativos!

—Entonces inicia el salto, voy hacia la cabina.

—Entendido —confirmó, recolocando y encendiendo todos los conmutadores e interruptores que había tocado mientras su compañero estaba en la sala de máquinas antes de sentarse de nuevo—. Preparando salto interestelar en, tres…

Vhan atravesó la cabina y cayó sobre su asiento.

—Dos…

Se abrochó el cinturón mientras otro impacto sacudía la nave.

—Uno…

—Funciona por favor —rogó el humano.

Las estrellas se difuminaron al tiempo que se creaba una enorme nube de un color purpúreo en forma de embudo que los arrastraba hacia su interior. De pronto, una fuerte sacudida les indicó que habían logrado escapar de sus enemigos y que ya viajaban a una velocidad muy superior a la de la luz.

—Lo logramos —dijo Vhan, recostándose en su asiento y soltando un profundo suspiro de alivio. De pronto, una idea brotó en su mente, haciendo volverse hacia la joven—. ¿Te encuentras bien, te han herido?

Ella negó con la cabeza al tiempo que sus ojos se fijaban en la mano del mercenario, que se había hinchado hasta tener un tamaño dos veces mayor que el habitual. Él, al darse cuenta, trató de esconderla en el asiento.

—No es nada. Esto pasa cuando golpeas a un scroc, su piel es irritante.

—¿Te has peleado con un scroc? —Preguntó Tidux, volviéndose hacia su compañero—. Bax no estaba contento, ¿eh? Te lo dije.

—No, bueno sí, estaban cabreados con nosotros. Paken solo me ha entregado la mitad de lo acordado. Según dicen, no hemos cumplido con el trato y solo conseguimos entregarles la mitad de la mercancía.

—Es lo más lógico. Si entregamos la mitad que se nos pague la mitad —comentó el robot, sin advertir la mirada de incredulidad de su compañero—. Pero eso no nos basta ni para cubrir los gastos. La nave ha sufrido bastante con este último viaje.

—Lo sé. Tendremos que ver qué hacemos, porque he tenido un pequeño encontronazo con Paken.

—Define pequeño —inquirió Tidux, sabiendo de sobra lo que significaban aquellas palabras.

—Le he apuntado con la pistola —dijo, tratando de sonreír.

—¿Cómo conseguiremos más dinero si apuntas al único que nos ha dado un trabajo en más de cuarenta días?

—Bueno, saldrá algo, ya lo verás.

—Entonces, ¿el scroc?

—Ha sido después, volvía hacia la nave cuando me he chocado con ella. El scroc y un balnir la perseguían. —La mujer asintió con lentitud, afirmando las palabras de su salvador—. Me he enfrentado a ellos y luego ha aparecido otro grupo que ha empezado a dispararnos, aunque supongo que todos estaban juntos. Y ahora que estamos algo más tranquilos —anunció al tiempo que se volvía de nuevo hacia la mujer—, ¿por qué iban detrás de ti?

Ella no dijo nada, se limitó a encogerse en el asiento, aún nerviosa por todo lo que había pasado.

—Bueno, no pasa nada, esos ya no te harán daño —dijo él al tiempo que una idea brotaba en su mente—. Ahora que lo pienso, con la huída y los disparos no nos hemos presentado. Me llamo Vhan, y este de aquí es Tidux. Somos… ¿Cómo lo diría? Trabajadores bajo demanda.

—Vaya manera menos creíble de decir que somos mercenarios —espetó el robot.

—No ayudas, Tidux —comentó Vhan, negando con la cabeza—. Es cierto, somos mercenarios, pero somos los buenos. Te hemos ayudado, ¿no? —La mujer asintió, ligeramente cohibida ante la mirada de aquel hombre—. Y tú, ¿cómo te llamas?

—Gesandaryan, como la estrella del sistema, pero mis amigos me llaman Ges.

—Ges —repitió el humano, dejando que una ligera sonrisa de victoria aflorara en su rostro al conseguir que hablara—. Antes, cuando nos conocimos, me dijiste que habían hecho daño a tu familia, ¿verdad?

No fue necesaria ninguna respuesta por su parte. Sus ojos confirmaron aquellas palabras, tornándose vidriosos en un instante.

—¿Sabes por qué?

—No —respondió con lentitud—. Había salido a comprar comida al mercado de la estación cuando, al entrar en casa, me encontré a mis padres en el suelo… —Su voz se entrecortó, dejando que las primeras lágrimas recorrieran su rostro.

—Lo siento.

—Cuando… Cuando me acerqué para ver qué había pasado, esos dos se abalanzaron contra mí. Me estaban esperando en otra habitación. Forcejeamos durante un momento. No recuerdo cómo lo hice, pero escapé. Huí a toda prisa de la casa, pero no conseguí despistarlos.

—No pude reconocerlos, no me suena haberlos visto en ninguna otra ocasión —informó Vhan al robot—. Seguro que eran tratantes de esclavos de algún sistema cercano. Es algo muy habitual y que sucede en muchas estaciones en las que viven humanos. Grupos organizados, como el que te perseguía, que se adentran en las colonias y secuestran a mujeres y niños para luego venderlos en el mercado negro como esclavos.

—Sí, posiblemente estos seres se encontraron con tus padres y, para que no les delataran, los mataron —confirmó Tidux al tiempo que recibía una dura mirada por parte del capitán al abordar el tema de aquella manera.

—¡Hay que recurrir a las autoridades, eso es un acto criminal! —Exclamó Ges con furia, apretando los puños y haciendo que los nudillos se tornaran blanquecinos.

—Por desgracia, nadie hará nada al respecto. Esto es lo que pasa cuando nuestra raza no tiene ni voz ni voto en el Gobierno Galáctico. Simplemente somos unos meros refugiados sin lugar en la galaxia. Muchos nos ven como simples criaturas de las que pueden sacar un beneficio.

Los sollozos de la joven se intensificaron, haciendo que se llevara las manos a la cara para ocultar las lágrimas que discurrían rápidamente por sus mejillas.

—No te preocupes, Ges, ya estás a salvo. Ahora no te cogerán. —Trató de consolarla el mercenario. Quería hacer que dejara de llorar y que se recuperara, pero no sabía cómo proceder.

—Estaban ahí tirados. No habían hecho daño a nadie…

Súbitamente, las luces de la cabina parpadearon antes de que una estridente alarma resonara por toda la nave, sobresaltándoles.

—¿Qué pasa, Tidux? —Preguntó Vhan al tiempo que se giraba de nuevo hacia los controles.

—Lo que tenía que pasar. La nave no estaba para hacer un salto en estas condiciones. El motor se está sobrecalentando. Debemos detener el salto ahora mismo y dejar que todo se enfríe o explotaremos en mil pedazos.

—¡Maldita sea! Está bien, páralo todo —ordenó el capitán con resignación antes de que una idea brotara en su cabeza—. ¿No vamos a chocar contra nada, verdad?

—Negativo, no hay nada alrededor, estamos en un sector totalmente vacío —comentó el robot al tiempo que revisaba las cartas estelares en uno de los monitores.

—Dejaremos que el motor se enfríe mientras nosotros hacemos un chequeo a la nave. ¿Cuánto tiempo crees que tenemos antes de que puedan encontrar nuestro rastro?

—No creo que mucho. Una hora, tal vez un poco más.

—Muy bien, debemos parchear todo lo que podamos y continuar el viaje en cuarenta minutos. —Pulsó un par de botones de la pantalla que tenía frente a él y se volvió hacia su compañero metálico. En el proyector holográfico apareció una pequeña parte de la galaxia circundante—. No estamos muy lejos de Rhesa. Seguro que Heilen podría conseguirnos las piezas que necesitamos y reparar la nave en el planeta. Luego, solo tendríamos que escondernos en las Lunas durante un tiempo, hasta que se relajen las cosas con Bax y los tratantes de esclavos.

—Me parece un buen plan. Necesitamos recambios para arreglar de nuevo la Estrella Oscura. Pero, ¿qué quieres hacer con la mujer, pretendes llevarla con nosotros a las Lunas? —Preguntó Tidux, levantando el brazo y señalándola con el pulgar. Ges tragó con dificultad y miró al capitán, curiosa y temerosa de lo que podía decir. Sabía que su futuro dependía de lo que este decidiera.

—Bueno, podríamos dejarla en Rhesa. Dudo mucho que esos hombres sigan buscándola ahí. Además, seguro que si le pedimos ayuda a Heilen nos echará una mano.

—¿Quién es ese hombre? —Inquirió ella con un hilo de voz.

—No es humano, es un carnak —explicó Vhan—. Tiene un taller de reparación de naves y, aunque es un poco cabezota y algo agarrado con el dinero, es un buen amigo. Nos conocemos desde hace años. Antes, cuando nosotros comenzábamos en este negocio, hicimos algún trabajito juntos. Aún me debe un par de favores, así que no te preocupes, te ayudará a esconderte. Puede que tengas que estar en Rhesa por un tiempo, pero luego podrás volver a tu hogar —concluyó el mercenario, dejando que una fina sonrisa aflorara en su rostro, tratando de consolar a la joven.

—Gracias —dijo Ges, algo más tranquila al escuchar las palabras de aquel hombre.

—Decidido —anunció el robot, llamando la atención de los dos humanos, que se habían quedado mirándose por un segundo en silencio—. Disminuyendo la velocidad de salto.

Agarró con fuerza una palanca que había a su izquierda y la bajó lentamente. La intensa nube púrpura que rodeaba la nave durante el salto comenzó a desvanecerse, permitiendo a los tripulantes distinguir el universo que les rodeaba.

—Muy bien —dijo Vhan dando una fuerte palmada—. El reloj corre en nuestra contra. Tidux, haz un escaneo completo de todos los sistemas y subsistemas de la nave, yo comprobaré los circuitos y la alimentación del motor. Vamos a hacer una lista de todas las piezas que necesitan ser reemplazas y se la enviaremos a Heilen. Esperemos que disponga de todo lo que le pidamos.

—¿Puedo ayudaros? —Intervino Ges, intentando recuperarse del todo de la tristeza que la atormentaba.

—Creo que primero deberías darte una ducha y quitarte esas ropas. —Señaló la sangre reseca de la tela—. Baja al piso inferior, a mano derecha encontrarás un camarote que puedes usar. Seguro que en el armario también habrá alguna prenda mía que pueda servirte. Luego ya nos echarás una mano —anunció Vhan, mostrando unos dientes blancos que destacaron sobre la oscuridad del espacio que les rodeaba.

2. Antiguas amistades

Rhesa era un lugar conocido por cualquier tipo de vendedor. Era la ciudad comercial más grande de toda la galaxia, ocupando más de la mitad del planeta en la que estaba asentada y que daba cabida a cualquier criatura que quisiera vender o comprar algún producto. No importaba lo que uno buscara; desde un cuchillo de aleación de cronx, fundidos sobre la superficie de una estrella moribunda y, según los grandes cocineros, los mejores de toda la galaxia. A las glándulas biliales de los insectos kruk del planeta Duls, usadas para la regeneración de los tejidos muertos.

Sin embargo, había que tener cuidado en qué zonas se metía uno, pues la mafia campaba a sus anchas en Rhesa. Muchos eran los comercios controlados con mano de hierro por dichas sociedades. Así como otros, dirigidos expresamente por ellas, en los que se vendían cualquier tipo de productos que pudieran necesitar mercenarios, criminales o gente con una ética desfigurada. Armas, esclavos, drogas, tecnología prohibida, no había nada que no tuviera cabida en aquel mercado clandestino a la vista de todos. Pues no había nadie, ni los policías, ni el gobierno, ni el ejército del planeta, ni siquiera los Guardianes del orden de la Galaxia, que no supieran lo que se hacía en las zonas oscuras de la ciudad.

A pesar de ello, ninguno se atrevía, aunque tampoco deseaban hacerlo, a inmiscuirse en sus operaciones o tratar de disolver las organizaciones que se habían formado con el paso de los años. Eso se debía a que, de esta manera, tenían un gran control sobre la mayoría de los criminales y sus actividades. Sin contar con los sobornos que se cobraban por mirar hacia otro lado y que iban directos a las arcas del Gobierno Galáctico; la asociación económica y política que formaba el pilar fundamental de toda la nebulosa.

Vhan se abría paso con lentitud a través de la gran marea de gente que se movía rápidamente a través de aquella ancha avenida mientras Ges y Tidux lo seguían de cerca, tratando de mantener en todo momento el contacto visual.

—Es por aquí —anunció el mercenario, desviándose por una calle secundaria y alejándose de las grandes arterias de la ciudad repletas de tiendas, estands y comerciantes de a pie que trataban de vender cualquier cosa que tuviera algún valor.

—No te alejes de nosotros —dijo el robot a la joven, que se había detenido frente a un tenderete para ver las pequeñas esculturas de algunas de las maravillas de la galaxia. Ella se volvió y dio varios pasos rápidos para volver junto a ellos—. Aquí es peligroso que una mujer vaya sola, y más si se trata de una mujer humana.

—No le digas eso, que la vas a asustar —espetó Vhan, haciendo que el androide se detuviera un momento para mirar a su compañero, que sonrió con complicidad—. Tidux es un poco exagerado, pero será mejor que hagas lo que dice.

Los tres se adentraron más en el laberinto de calles que componía la ciudad hasta que llegaron a su destino media hora más tarde. Un gran edificio, descolorido, con las paredes desconchadas y oxidadas por el paso del tiempo y en el que se podían distinguir las marcas de un gran rótulo que había ocupado toda la fachada con la inscripción de: *Mecánica Heilen*.

—Es aquí —informó el mercenario, acercándose a la gastada puerta, que se abrió con un estruendoso chirrido.

El recibidor era una sala pequeña, cuadrada, de no más de cinco ühns de lado y totalmente cerrada. De los cuatro focos que había suspendidos del techo y que iluminaban a la estancia, uno de ellos estaba fundido y otro parpadeaba incansablemente, arrojando un poco de luz sobre las paredes de metal enmohecido. Sólo la puerta que conducía al interior del edificio poseía algo de color debido a la ancha línea amarilla que la cruzaba, indicando que se abría de forma horizontal. Esta estaba custodiada por dos robots, colocados a cada lado de la apertura. Se podía apreciar que eran más anchos y robustos que Tidux; y que su cabeza era un simple rectángulo provisto de unos ojos brillantes que parecían observar cada movimiento de los tres visitantes.

—Soy Vhan Stalix, tengo una cita con el señor Heilen. —No hubo respuesta por parte de los dos androides, pero Vhan sabía que estaban comunicando a su superior que había llegado.

—¿Qué hacemos? —Preguntó Ges, que se había acercado hasta él, algo nerviosa al encontrarse en aquel maloliente y reducido espacio.

—Esperar. Tranquila, ahora nos dejarán pasar —respondió este mientras cruzaba las manos a la espalda. Miró por un segundo a su compañero de metal, quien se encontraba junto a la entrada, completamente quieto, como si no estuviera presente—. Estoy seguro dc que ya sabían que estábamos en la ciudad antes de llegar a este lugar.

—¿A qué te refieres?

—Pues que, seguramente, algún informador les habrá dicho que habíamos aterrizado. En esta ciudad controlada por criminales, la información es algo muy valioso.

—¿Criminales? —Preguntó atónita la mujer—. Pero si mientras veníamos hacia aquí nos hemos topado con una veintena de policías.

—¡Qué poco sabes de la galaxia, Ges! —Exclamó Vhan con una sonrisa, divertido ante la expresión de sorpresa de la mujer—. La protección que puedes ver está totalmente comprada, no moverán un dedo para salvar a nadie si el que les paga no se lo dice antes. —El rostro de la joven se contorsionó al escuchar aquellas palabras—. Pero tranquila, nadie te va a perseguir ni a preocuparse por una simple humana en este lugar. Además, Heilen nos ayudará y dentro de poco podrás volver a casa.

—¿Me ayudará?

—Estoy seguro.

Súbitamente, las voces artificiales y metálicas de los dos robots rompieron aquella conversación, diciendo al unísono:

—Acompáñennos, el señor Heilen les está esperando.

La compuerta se abrió y el autómata que estaba a la derecha atravesó el umbral mientras que el otro les invitaba a pasar con su mano. En ese momento, Tidux pareció recuperarse de su ensueño y los tres obedecieron a los guardias, siguiendo al que había iniciado la marcha antes de que el segundo la cerrara tras ellos.

A medida que avanzaban a través del estrecho y poco iluminado pasillo, el ruido de las cortadoras y herramientas se hacía más presente en el ambiente. No cabía duda de que aquellos androides les estaban conduciendo hacia el taller, situado tras el edificio que estaban atravesando.

Tras un par de pasos más, el que encabezaba la fila se detuvo y, antes de que Vhan pudiera preguntar qué pasaba, una nueva puerta se abrió. La luz procedente del exterior se coló en el pasillo, haciendo que el mercenario emitiera un leve gruñido al tener que cubrirse con una mano para protegerse del sol.

—¡Benditos sean mis ojos, el gran Vhan ha vuelto a la ciudad! —Exclamó una voz al tiempo que el grupo emergía del corredor.

El mercenario miró hacia el ser que acababa de hablar y que se encontraba junto a la salida, esperándoles. Se trataba de una criatura bípeda, del mismo tamaño que él y con una complexión muy similar a la humana. La diferencia más importante era su cabeza, ligeramente alargada y con grandes placas de hueso a modo de pelo que creaban unas facciones angulosas y afiladas.

—Ya podías habernos dejado atracar la nave aquí abajo, Heilen —bufó Vhan a modo de saludo y señalando la entrada superior del taller, por el que un vehículo se alejaba hacia el cielo grisáceo—. Y no tener que pagar el hangar de la ciudad para que no me roben hasta los pernos del tren de aterrizaje.

—Sabes tan bien como yo que ahí está más segura que aquí dentro —respondió con una gran carcajada, dejando ver una lengua oscura tras unos dientes azulados. El carnak le tendió la mano—. Me alegro de verte.

—Yo también, hacía mucho tiempo que no nos veíamos.

—Casi un año galáctico. ¿Qué pasa, se te ha roto el comunicador? Podrías haberme llamado antes. Me alegró mucho oír tu voz y saber que venías a verme.

—Te alegró saber que iba a hacer negocios contigo —corrigió Vhan.

—Eso también, me has pillado —comentó este, divertido, antes de mirar a sus acompañantes y dando un paso hacia la joven—. ¿A quién me has traído? Encantado, soy Heilen, seguro que este loco te ha contado muchas mentiras sobre mí.

—Gesandaryan. —Saludó ella con timidez, perdiéndose en aquellos ojos totalmente negros y brillantes que parecían contener cientos de estrellas en su interior.

—Pues yo le había dicho que eras una gran persona, humilde y trabajadora —comentó el mercenario, dejando que una sonrisa aflorara en su rostro.

—Aún no sabes mentir, querido amigo —dijo el empresario, volviéndose de nuevo hacia el humano.

—Nunca seré tan bueno como tú —replicó este—. Dejando eso a parte, ella es una amiga que necesita tu ayuda. La querían los tratantes de esclavos y tuvo la suerte de chocar conmigo. Esperaba que le pudieras echar una mano, dándole algún trabajo aquí y escondiéndola durante un tiempo, hasta que pueda volver a su casa.

—¡Claro, no hay problema! Los amigos de Vhan son mis amigos —dijo el carnak, alzando la mano de la mujer y besándola—. Seguro que encontramos algo que pueda ayudarte a volver al hogar, pero… —Se giró de nuevo para mirar a su antiguo compañero, que arqueó una ceja, desconcertado ante aquello—. ¿No sería mejor que siguiera con vosotros? Sería bueno para un desastre como tú…

—Nuestra vida ya es lo suficientemente complicada y peligrosa para tener que preocuparme por alguien más a parte de mí mismo, el de metal. —Señaló a Tidux, haciendo que este se detuviera un segundo y analizara aquellas palabras—. Y mi nave.

—¿He oído bien, has dicho que es tuya?

—No empecemos de nuevo con lo de siempre —espetó el mercenario, divertido—. Hace eones que ya no te pertenece. La perdiste en una partida de bakum contra mí, ¿te acuerdas?

—Puedes decir lo que quieras, pero siempre será mía —alegó este—. Además, sabes perfectamente que te dejé ganar.

—Yo no lo recuerdo así.

—Es normal, la memoria de los humanos es muy frágil, un par de años y todo se desfigura.

—¿Lo has encontrado todo? —Interrumpió Tidux, al comprobar cómo los dos compañeros hablaban de temas que no tenían relación con el motivo que les había traído hasta allí. Vhan miró al robot con desaprobación al haber sido tan directo.

—Sí, habéis sido afortunados, tenía todo lo que me pedisteis —anunció Heilen, pasando inadvertida aquella intromisión y pidiéndoles que lo siguieran, al igual que hicieron los dos robots que les habían escoltado hasta allí—. Pero, decidme, ¿qué le habéis hecho?

—Ha sido con nuestro último trabajo para Bax. Era algo sencillo, pero la Garra Roja nos interceptó. Conseguimos escapar por los pelos, aunque tuvimos que sacrificar la mitad de la mercancía que transportábamos. Ya sabes que esos malditos piratas no se detienen ante nada ni nadie, así que te puedes imaginar que la nave no quedó muy bien parada.

—Yo la cuidaba más cuando era mía.

—No te preocupes, si va perfectamente. Con las nuevas piezas volverá a ir como la seda —respondió Vhan al tiempo que observaba el taller en el que se encontraban. Mirara donde mirara veía diferentes operarios que trabajaban en más de una docena de transportes—. Parece que el negocio te va bien, Heilen.

—Uno no se puede quejar, siempre tenemos algo con que entretenernos —comentó este, observando a un grupo de sus empleados que se afanaba en poner en marcha el motor de un carguero.

—¿Son esas nuestras piezas? —Preguntó Tidux al ver las tres grandes cajas, colocadas junto a un deslizador, y de las que sobresalían algunos objetos.

—Sí, un nuevo generador, dos bobinas de inducción, unos circuitos de reabastecimiento, treinta ühns de cable y la lista sigue…

—Hay un par de cosillas que cambiar —anunció el mercenario con una sonrisa, tratando de ocultar la vergüenza que tenía al pedir esa cantidad de recambios. Avanzó junto a Tidux hasta las cajas y se pusieron a comprobar el contenido de cada una de ellas. Tras unos minutos, se volvió hacia Heilen—. Parece estar todo.

—La duda me ofende. Vamos, dejemos que mis androides carguen las cajas en el vehículo de transporte mientras vamos a mi despacho y recordamos los viejos tiempos —explicó, colocando un brazo sobre el hombro de Vhan y tirando de él al tiempo que la escolta se separaba de ellos y se acercaba hacia la mercancía—. Luego os acompañaremos al hangar donde tenéis la nave y os ayudaremos a cargarlo todo.

—Perfecto, gracias, Heilen.

—No tienes por qué darlas —comentó este, moviendo la mano para restarle importancia—. Seguidme, os invito a una copa. Hace poco me ha llegado una botella de aguardiente de fasex que tienes que probar. Así tendremos tiempo para que me cuentes la historia que has tenido con esta joven tan hermosa en Pykek.

El mercenario se zafó de su compañero con rapidez, agarró la pistola que descansaba en su pernera y le apuntó.

—Tranquilo, no voy a cobrarte la copa —dijo, alzando los brazos con diversión.

—¿Cómo sabes que me encontré a Ges en Pykek? Yo no te lo he dicho, ni ahora, ni cuando hablamos de las piezas.

—Al haber dicho lo de Bax, he deducido que sería de donde veníais. A fin de cuentas, aunque domine todo el sector Aurthon, él reside allí.

—Es cierto… —En ese momento, una idea brotó en su mente, haciendo que sujetara con más convicción el arma—. Pero no tenías por qué saber que habíamos tenido una historia en Pykek.

Heilen suspiró abatido, mirando con tristeza al humano al tiempo que bajaba las manos.

—Vale, me has pillado. ¡Muchachos!

Sus palabras resonaron sobre el taller, haciendo que los trabajadores que había a su alrededor sacaran las armas que tenían ocultas a lo largo de todo el lugar, dispuestas para ocasiones como aquellas.

—Veo que ya estabas preparado —comentó Vhan, mirando de reojo al grupo de secuaces que iba acercándose con lentitud, apuntándoles—. Cuéntame, ¿qué es lo que sabes?

—Poco, realmente poco. Puede que te marcharas con la muchacha de la estación por casualidad o intencionadamente, pero han puesto precio a vuestras cabezas. Dan cien mil créditos por cada uno de vosotros —anunció Heilen, saboreando aquellas palabras—. Lo siento.

—¡Pensaba que éramos amigos! —Exclamó con furia mientras su mano izquierda se cerraba en un gran puño.

—Ya sabes que los negocios son negocios. Da gracias de que he sido yo el que te ha cogido primero, porque ya hay muchos otros que os persiguen y que no serán tan considerados como nosotros, de eso puedes estar seguro.

—¿Y se supone que debo estar agradecido? —Bufó el humano—. Nos has traicionado por un puñado de créditos.

—No lo hago por el dinero, lo hago por ti. Entrégate, iremos a la localización de intercambio y aclararemos lo que ha pasado. Juntos les diremos que todo esto ha sido un malentendido. Les entregaremos a la joven y haremos que cancelen vuestras recompensas. Nos repartiremos el dinero de su recompensa.

—¡Bastardo! —Gritó Ges, tratando de dar un paso hacia Heilen, pero Tidux la agarró por los hombros, deteniéndola.

—¿Quién demonios se puede permitir poner esa cantidad de dinero por una simple mujer y dos mercenarios que la han ayudado?

—No lo sé. El cliente era anónimo, pero seguro que es alguien de las altas esferas. La persona con la que contacté simplemente era un mediador. Y ahora, si no te importa. —Se acercó y colocó con lentitud su mano sobre la pistola, haciendo que el mercenario la bajara poco a poco—. Lo siento, pero ahora sois mis prisioneros.

—¡Éramos amigos! Te he salvado el culo un par de veces, ¿¡y así me lo agradeces!? Vendiéndome al primer tío que pone precio a mi cabeza. ¡Me has traicionado, me has apuñalado por la espalda!

En ese momento, Vhan no pudo contenerse más y lanzó su puño izquierdo contra el rostro de Heilen. Este no se dio cuenta de sus intenciones hasta que fue demasiado tarde. La fuerza del impacto lo echó para atrás. El mercenario se volvió hacia Tidux, gritando y lanzándose contra el suelo.

—¡Ahora!

El robot abrazó a Ges con fuerza, apretándola contra su pecho al tiempo que una onda expansiva emergía de su cuerpo y lanzaba a los secuaces hacia atrás, cayendo atontados a su alrededor.

—¡Al vehículo! —Gritó Vhan, levantándose de nuevo y disparando contra uno de los androides que había estado cargando sus recambios en el transporte y que, al estar más lejos, no había recibido el impacto de aquella explosión.

El proyectil de plasma recorrió rápidamente el lugar y atravesó la caja torácica del robot con un fuerte chasquido, dejando a la vista parte de sus circuitos, que ahora chisporroteaban mientras caía al suelo. Su compañero corrió hacia Tidux, quien llevaba a Ges en volandas hacia la nave, y lanzó su puño de metal contra este, que lo esquivó con facilidad al tiempo que dejaba a la joven en el suelo.

—Corre Ges, entra en el transporte, yo me encargaré de este —anunció mientras la mujer se alejaba hacia el vehículo, lanzando una rápida mirada hacia los dos combatientes metálicos.

El androide cargó de nuevo contra Tidux. Este alzó rápidamente su brazo derecho, desviando el golpe y haciendo que un fuerte trueno se alzara sobre el taller. Antes de que su atacante se recobrara, lanzó su mano por debajo del pecho, atravesando la parte más débil de la coraza y abriéndose paso hasta la fuente de energía que había incrustada en su caja torácica. Tiró con fuerza, arrancándosela mientras decenas de chispas se desprendían de la máquina. Tidux la miró por un segundo al tiempo que el robot caía al suelo, desactivado.

—¡Tidux, deja de perder el tiempo y enciende la maldita nave! —Ordenó Vhan, poniéndose a cubierto tras unos contenedores. Varios proyectiles pasaron por encima de su cabeza antes de impactar contra una de las columnas que sujetaban la bóveda del taller.

El robot, que contemplaba absorto aquel corazón de metal, alzó con lentitud la cabeza para mirar al mercenario. Vhan estaba disparando contra uno de los secuaces de Heilen, que ya se había recuperado de la onda expansiva. Luego, el robot se volvió hacia el transporte y comprobó que Ges ya había llegado junto a este, adentrándose en su interior. En ese momento, un proyectil pasó junto a su cabeza, despertándole de aquella extra ensoñación.

—¡Corre, yo te cubro! —Exclamó el humano, ocultándose de nuevo tras su cobertura al descubrir que el carnak y el resto de los trabajadores empezaban a moverse de nuevo, dispuestos a contraatacar.

—¡Cogedlos! —Gritó Heilen con furia, agarrando la pistola que le tendía uno de los suyos y descargándola rápidamente contra la figura del robot, que avanzaba hacia la nave, sin conseguir acertarle.

En pocos minutos todo el hangar resonaba con el sonido de los gritos y los disparos de las pistolas y rifles de plasma. El efecto sorpresa de aquella explosión había desaparecido y ahora todos aquellos trabajadores arremetían con furia contra Vhan, quien trataba de retenerlos donde estaban sin mucho éxito.

El mercenario descargó su arma contra un grupo de bidones en los que se habían ocultado dos de sus atacantes. El primer impacto agujereó el material, pero el segundo consiguió que el líquido contenido en su interior se inflamara, creando una gran bola de fuego y engullendo entre gritos a los seres que se encontraban tras ellos. Aquello provocó un instante de turbación que Vhan aprovechó para usar su comunicador de muñeca.

—¿Cómo vas, Tidux?

—Cinco minutos —anunció el robot mientras arrancaba una placa del panel de control y dejaba a la vista centenares de cables entremezclados—. Esta gente no ha dejado las llaves puestas y tiene un sistema de identificación para los trabajadores. Tengo que saltármelo antes de hacerla funcionar.

—¡No tienes tanto tiempo! —Gritó antes que un nuevo proyectil atravesara el cielo e impactara contra aquel transporte, dejando una marca de hollín sobre el metal.

—La paciencia es una virtud…

—Si salimos de esta, juro que te desmontaré en piezas pequeñas y las venderé como chatarra —anunció entre dientes, alzándose de nuevo y disparando contra uno de sus enemigos. El proyectil impactó en el hombro izquierdo de aquel ser, seccionándole el brazo por entero.

En ese instante, una voz se alzó sobre el resto de sonidos.

—¡Alto el fuego! —Ordenó Heilen, saliendo de su cobertura para que todos los presentes lo vieran y le obedecieran al instante. Un forzado silencio invadió el taller—. Vhan, amigo, sabes que esto no puede acabar bien para ti. Habéis cabreado a gente importante, de eso no cabe duda, pero si me entregas a la joven ahora, te dejaré marchar, a ti y a tu robot. Hasta te puedes llevar las piezas para la nave. No me importa. Les diré que moriste y que no pudimos rescatar nada de los restos, solo tendrás que desaparecer un tiempo. ¿Qué me dices?

—No será capaz, ¿verdad? —Preguntó Ges, que había podido escuchar la conversación a través de la compuerta abierta del vehículo. Tidux la miró por un segundo y trató de hacer un movimiento de desconcierto con sus hombros, sin conseguir el resultado que realmente quería.

—No, Vhan no haría eso —respondió este antes de volverse hacia los circuitos de nuevo.

—¿Y podríamos irnos con total impunidad? —Inquirió el mercenario, aún protegido tras la cobertura y dejando que su voz se alzara hasta llegar hasta sus compañeros.

—O, quizás sí. —comentó el robot con la mirada fija en su trabajo. A pesar de que no les estaba viendo la cara, podía sentir las constantes vitales alteradas de la mujer y no le cabía ninguna duda de que su rostro mostraría una mezcla de emociones que preferiría no tener que calificar.

Ges salió hecha una furia del interior del transporte y, mirando al mercenario mientras apretaba los puños con fuerza, le gritó:

—¿¡Cómo te atreves!? ¿¡Te crees que soy un simple objeto con el que comerciar!?

—¡Agáchate y vuelve a la nave! —Ordenó Vhan, moviendo los brazos con rapidez.

—¿Para qué? Por si me pegan un tiro, da igual, si vas a venderme por unas piezas de tu estúpida nave.

—¡Métete dentro de una vez!

—Entonces, ¿tenemos trato? —Preguntó con lentitud Heilen, interrumpiendo la conversación entre los dos humanos a pesar de que la estaba disfrutando.

Vhan salió de su protección y miró a su antiguo compañero al tiempo que el resto de enemigos le apuntaban, preparados a descargar sus armas contra él.

—Me prometes que Tidux y yo podremos salir de aquí con las piezas, cargarlas en mi nave y largarnos sin que nos persigas.

—¡Serás…! —Gritó Ges, pero enmudeció al instante al ver cómo este se volvía y la miraba. Pudo sentir un escalofrío recorrer su espalda al notar aquellos ojos sobre ella.

—Te lo prometo. Ninguno de los míos te pondrá una mano encima. Podréis iros del planeta sin problemas. Tú solo entrégame a la joven y yo hablaré con los de la recompensa. Les diré que has muerto.

Interrumpiendo aquellas palabras, los motores de la nave de transporte rugieron con fuerza, levantando una gran nube de tierra tras ellos. Vhan aprovechó aquel momento de sobresalto para correr en dirección la nave. Cuando se encontraba junto a la compuerta se volvió hacia el carnak, apuntándole de nuevo.

—No hay trato, me has mentido, ya no puedo confiar en alguien como tú. —El mercenario disparó su arma contra él.

—¡Fuego! —Ordenó Heilen mientras apretaba los dientes y se lanzaba rápidamente hacia la cobertura para protegerse del proyectil, que pasó a escasos centühns de su cabeza.

Los secuaces descargaron su armamento contra los dos humanos. Vhan empujó a la mujer hacia el interior del vehículo, que ya se alzaba lentamente del suelo, y saltó tras ella. El carnak miró cómo los proyectiles impactaban sobre el casco metálico mientras la compuerta se cerraba y la nave se dirigía rápidamente hacia la parte superior de la cúpula. Aunque estaba furioso por no haber conseguido capturarlo, se sentía orgulloso de su antiguo compañero.

—No esperaba menos de ti, viejo amigo. —Bajó la vista hacia sus trabajadores—. ¡Dejad de disparar y perseguidles!

—¿Estáis todos bien? —Preguntó Vhan mientras los miraba y trataba de recuperar el aliento.

—¡Me has mentido! ¿Todo lo de intercambiarme era una treta? —Espetó ella.

—Claro, necesitábamos ganar tiempo, era lógico.

—Pero tú…

—No podía dejarte aquí, Ges. Daba igual lo que Heilen dijera o prometiera. Ya no podía fiarme de él, me ha traicionado —respondió con rapidez, viendo como el rostro de la mujer estaba repleto de furia y, al mismo tiempo, de gratitud. Parecía debatirse en qué hacer, de cómo responderle. Finalmente, Ges suspiró y asintió con la cabeza, dejando que una sonrisa aflorara en sus labios, divertida al darse cuenta de que había sido engañada.

—Tener amigos para que luego te traicionen —comentó Tidux antes de girar los mandos del transporte hacia la derecha. La nave se desvió de su trayectoria con un fuerte zarandeo, evitando chocar contra otro de los vehículos que se movía a su alrededor.

—Al menos tenemos las piezas —comentó el mercenario antes de volverse para ver las tres cajas que había en la parte trasera de la nave—. Ahora lo más importante es salir de la ciudad cuanto antes. Cargaremos los recambios y buscaremos algún lugar, lejos de aquí, para reparar la nave.

—¿Y, qué hacemos con los que nos persiguen? —Preguntó el robot, dejando aflorar lo que parecía ser una pizca de divertimento en su voz artificial.

—¿Cuántos son? —Inquirió Vhan al tiempo que se acercaba a la cabina para ver las imágenes del radar.

—Dos vehículos; dirigiéndose a nosotros a toda velocidad. Según mis cálculos, tardarán menos de tres minutos en alcanzarnos.

—Cuando lleguemos al hangar, coge las piezas y mételas en la nave. Ges, ayúdale. Necesitamos cargar cuanto antes los componentes y salir de aquí.

—Entendido —respondió de inmediato la joven antes de que analizara aquellas palabras y se diera cuenta de que faltaba algo—. Pero, ¿qué harás tú?

—Yo les entretendré todo lo posible —dijo él con lentitud, con la mirada fija en su pistola.

—Nos acercamos al hangar, preparaos, esto va a ser movidito.

El transporte entró a toda velocidad en el hangar, momento en el que las comunicaciones se colapsaron con los insultos por parte de los propios encargados del lugar. Tidux las apagó con un rápido movimiento de su mano mientras conducía hacia la zona en la que estaba su desfigurada nave, iniciando el aterrizaje y abriendo las compuertas.

—Daos prisa, no podré contenerles mucho tiempo —anunció el humano.

Vhan se movía con rapidez por la cabina mientras rebuscaba entre los objetos que había diseminados por el interior algo que pudiera ayudarle contra los enemigos que les perseguían. Agarró unas bengalas del kit de emergencia, el extintor que había colocado junto al cuadro de mandos y abandonó el vehículo, corriendo hacia un grupo de mercancías situadas a un par de ühns de ellos y que podrían servirle de cobertura.

Segundos después, las otras dos naves hicieron su entrada a toda velocidad, llamando la atención de los tripulantes, mercaderes y técnicos que deambulaban a lo largo del hangar. Las compuertas de ambos transportes se abrieron al mismo tiempo cuando aterrizaron, dejando que una decena de seres descendieran de estas y comenzaran a disparar en dirección a la Estrella Oscura y a sus tripulantes. Los civiles agacharon la cabeza y comenzaron a gritar, presas del pánico. Todos corrían hacia las salidas de emergencia mientras Vhan respondía con rapidez a aquella primera descarga, tratando de defender la posición y que no avanzaran hacia ellos. A pesar de ello, estaba siendo abrumado y sus perseguidores se movían rápidamente para rodearlos.

El mercenario se agachó tras la cobertura, sintiendo cómo esta recibía los impactos. Apoyó su cabeza contra las cajas de metal, que vibraban con cada nuevo golpe, cerró los ojos e inspiró con fuerza, tratando de recuperar el aliento. Tras un breve instante, los abrió de nuevo y miró hacia su izquierda, donde descansaban los útiles que había sacado de la nave de transporte. Alargó su mano y cogió una de las bengalas, la levantó y, con un golpe seco contra el suelo, la encendió.

El fuego rojizo le iluminó la cara mientras una gran nube de humo comenzaba a elevarse hacia el techo. Esperó un momento a que los enemigos dejaran de disparar, se irguió y la lanzó hacia delante. Rápidamente volvió a agacharse para coger otra e hizo lo mismo. Antes de que aquellos seres que le perseguían supieran qué estaba pasando, una intensa humareda de color carmesí lo había envuelto por completo, desapareciendo de su vista. Disparó una ráfaga a través de aquella niebla artificial y retrocedió hacia la Estrella Oscura, agachándose para esquivar los erráticos proyectiles enemigos.

Vhan estaba a punto de esconderse tras una carretilla elevadora, que su conductor había dejado abandonada aún con las mercancías a medio alzar, cuando distinguió a dos de sus perseguidores. Los dos seres habían atravesado aquella humareda hasta la posición en la que había estado hasta momentos antes. Estos inspeccionaron el lugar vacío, desconcertados, momento en el que distinguieron a sus pies el extintor que él había dejado. El mercenario apuntó con rapidez y apretó el gatillo. La explosión lanzó hacia atrás a los dos seres y consiguió que el resto se detuviera por un segundo, intentando comprender qué acababa de pasar.

—¡Ya está todo, vámonos! —Interrumpió la voz metálica de Tidux a través del comunicador de muñeca. El mercenario sonrió al distinguir una ráfaga de proyectiles de plasma que volaban rápidamente contra sus perseguidores. El androide estaba tratando de cubrirle el regreso a la nave.

Corrió a toda velocidad hacia su compañero, situado sobre la rampa de la bodega de carga. Los disparos enemigos zumbaban a su alrededor mientras él mismo descargaba su pistola contra ellos. Pero, cuando estaba ascendiendo por la cuesta que conducía al interior de la Estrella Oscura, una de las balas de plasma impactó en su costado. Un fuerte grito de dolor emergió de su garganta al tiempo que era lanzado hacia los brazos del robot, que lo agarró con rapidez, ayudándolo a entrar y cerrando al instante la compuerta.

—¡Te han herido! —Gritó Ges al ver que gran parte de su costado se había chamuscado. La ropa había desaparecido y la carne de debajo desprendía pequeños hililllos de humo. Parte de la herida ya había cicatrizado, pero un ligero reguero de sangre seguía manando, cayendo sobre el suelo y empapando rápidamente sus ropas.

—No te preocupes, la bala solo me ha rozado, es un simple rasguño —respondió este con cierta dificultad mientras Tidux lo acompañaba hasta la cabina de control, sentándole con lentitud en el asiento del piloto—. Vamos, activa las torretas, hay que devolver los disparos.

—A la orden.

El robot apretó unos botones y, con un crujido que resonó a lo largo de toda la nave, los dos cañones que había bajo las alas se activaron. Uno de los monitores se encendió y mostró la imagen de aquellos seres, que miraban preocupados el movimiento de las torretas que ahora les apuntaban. Vhan apretó los gatillos que había instalados en los propios mandos. Dos grandes proyectiles de plasma recorrieron la poca distancia que les separaba de sus perseguidores y estallaron, engulléndoles en una gran nube de fuego y gritos de dolor.

—¡Disfrutad del fuego, desgraciados! —Exclamó Vhan con entusiasmo al tiempo que tiraba de la palanca de control y hacia que la nave se elevara.

La Estrella Oscura se alejó del origen de los disparos, atravesando el hangar a gran velocidad y elevándose sobre el cielo grisáceo que recubría la ciudad.

En poco tiempo llegaron a la frontera con el espacio, dejando que las vibraciones que hacían temblar toda la nave al abandonar la atmosfera se detuvieran en un instante y la oscuridad del universo les envolviera. De pronto, mientras Vhan se relajaba ligeramente en su asiento tras sujetar con fuerza los mandos durante la ascensión, el radar comenzó a pitar. Tidux bajó la vista hacia este y movió sus dedos en el interior de la proyección holográfica para descubrir a qué se debía aquel alboroto.

—Por eso Heilen decía que no iba a atacarnos, ya nos esperaban fuera. Un bloqueo de tres cruceros de la Federación de Comercio y Transporte.

—¿Qué coño quieren estos? —Preguntó disgustado el mercenario. A modo de respuesta, una luz roja se encendió en una de las pantallas laterales.

—Una comunicación desde la nave capital —informó el robot, abriendo el canal.

—Tripulantes de la nave en fuga. Aquí el crucero de combate, Khálsnur, de la Federación de Comercio y Transporte. Ríndanse ahora mismo si no quieren ser destruidos. —Su voz era lenta y amenazante.

—Estoy empezando a pensar que hoy es un mal día —comentó Vhan, tratando de disminuir la tensión que inundaba el ambiente.

—No lo volveremos a repetir, ríndanse o abriremos fuego.

—Un momento, por favor —pidió el humano, antes de volver a cerrar la comunicación con aquel navío de guerra y girarse hacia el robot—. ¿Crees que podríamos saltar?

—Dudo que la nave pueda aguantar mucho más. Además, ¿a dónde pretendes ir? Nos seguirán el rastro en cuanto lo hagamos.

—A las Lunas, como dijimos al principio —respondió con seriedad, pensando cada una de las palabras que pronunciaba—. Si saltamos directamente a una de las nubes de polvo estelar, los rastros del salto se perderían en ella y no podrían localizarnos. Sabrían la dirección del salto, pero sus sensores no conseguirían distinguir la posición real de la nave. Al menos, el tiempo suficiente para arreglarla y buscar un nuevo escondrijo donde guarecernos.

—¿Sabes que dentro de las nubes hay hielo y rocas, verdad? Si calculamos mal, aunque sea solo por unos ühns, acabaremos estampados contra algo, y eso no sería muy bonito.

—¿Puedes hacerlo o no? —Preguntó, viendo como la pantalla volvía a iluminarse con una nueva comunicación.

—Sí, tengo la suficiente información del sistema como para calcular un lugar no peligroso, o eso espero. Pero necesito unos minutos para establecer unas coordenadas seguras, que diría que no tenemos —anunció este mientras la pantalla que tenía frente a él comenzaba a inundarse de datos—. Sin contar que deberíamos atravesar el bloqueo antes de realizar el salto. Esos cruceros podrían provocarnos interferencias y desviarnos de nuestro agujero de salida, convirtiéndonos, casi con toda probabilidad, en chatarra estelar.

—Eso déjamelo a mí —anunció, tocando el comando para restablecer la comunicación—. Lo sentimos, Khálsnur, tenemos algún que otro problemilla con los sistemas de control. Vamos a avanzar hacia ustedes para rendirnos.

—Negativo, apague el motor inmediatamente. Enviaremos una cápsula para abordarle.

—¡Mierda, son listos! —Exclamó al tiempo que empujaba las palancas de aceleración hasta el máximo, haciendo que los cuerpos de los tres se clavaran aún más en el asiento y el corazón de la nave rugiera con mayor intensidad.

Antes de que alguno pudiera decir algo, los cruceros de la Federación comenzaron a disparar contra ellos. Los proyectiles pasaban rápidamente a su alrededor al tiempo que el radar alertaba de que una veintena de cazas habían emergido del interior de la nave capital y se dirigían hacia ellos a toda velocidad. A pesar de su rapidez pudieron ver su estructura; pequeñas, con capacidad para un solo piloto y con unas largas alas que brillaban con los reflejos de la estrella lejana. Sus formas recordaban a las grandes aves marinas del sector Qua, moviéndose entre las corrientes de aire. Del interior de su alargada cabina de mando emergían dos cañones de plasma, que apuntaban hacia delante. Bajo las alas, y ocultos entre las sombras de la propia nave, varios misiles apuntaban amenazantemente hacia la Estrella Oscura, dispuestos a ser lanzados con una simple orden. Vhan se agarró más fuertemente a los mandos pues había escuchado en demasiadas ocasiones de lo que eran capaces aquellos cazas de combate.

Ges se agarraba a los lados del asiento mientras la Estrella Oscura se zarandeaba de un lado a otro, tratando de evitar a sus perseguidores, que ya llenaban todo el espacio a su alrededor. Tidux se encontraba en trance, totalmente quieto y en silencio mientras Vhan, por su parte, apretaba los dientes, sujetando con fuerza los mandos; acercándose a toda velocidad hacia los cruceros para que sus cañones de larga distancia fueran inútiles.

De pronto, un fuerte pitido resonó en la cabina.

—¿Qué es eso? —Preguntó Ges, estirando el cuello para intentar ver qué indicaba la pantalla que se había iluminado.

—Nos han fijado y nos han disparado dos misiles —respondió Vhan con naturalidad, haciendo que el corazón de la joven diera un vuelco—. Pero no te preocupes, tenemos contramedidas para poder evadirlos —informó, apretando unos interruptores que había a la derecha de los mandos.

Se oyó un extraño soplido en la parte trasera de la nave y el mercenario giró las palancas. La nave empezó a realizar una serie de tirabuzones a medida que se alejaba de los señuelos que acababa de lanzar. Unos instantes después, el pitido cesó, dejando la cabina en completo silencio.

—Coordenadas fijadas —informó Tidux, rompiendo el embrujo que hasta aquel momento le había invadido y terminando de teclear unos datos en el ordenador central.

—Perfecto, ahora destina toda la energía a los propulsores. Necesitamos darnos el impulso suficiente para atravesar el bloqueo. —El robot asintió al tiempo que accionaba unos interruptores y las luces de toda la nave se apagaban—. Agarraos fuerte, aún nos queda lo más difícil.

Los tres tripulantes se clavaron en los asientos debido al impulso del motor. Los cazas de la Federación pasaban a su lado a toda velocidad, disparándoles y haciendo que Vhan tuviera que concentrarse por completo en aquella tarea para evadir los proyectiles que surgían de todos lados y conseguir que no volvieran a fijarlos con los misiles. A medida que aceleraba, el crucero que tenían delante crecía por momentos, ocupando ya toda la visión y haciendo que la señal de obstáculo próximo resonara en la nave.

—¡Cambia el rumbo, nos vamos a estrellar! —Anunció Tidux al ver cómo la distancia entre ellos y aquella nave de combate disminuía rápidamente.

—¡No, un poco más! —Gritó él, pidiendo más potencia al motor, que ya estaban al máximo.

—¡Mil ühns!

—¡Solo un poco más!

—¡Cuatrocientos, endérezalo o nos estrellaremos! —Volvió a mirar la pantalla—. ¡Dos cientos, Vhan!

El mercenario apretó los dientes y tiró con fuerza de la palanca de mando, haciendo que el morro se alzara ligeramente, pasando a toda velocidad sobre el casco enemigo, a menos de una veintena de ühns. De pronto, el suelo gris que formaba el crucero desapareció tras ellos, dejando solo el espacio por delante.

—¡Ahora, saltemos! —Ordenó con energía, fruto de la adrenalina que recorría su cuerpo.

—Saltando... —indicó Tidux, tirando de la palanca.

Una densa nube púrpura rodeó el cristal delantero al tiempo que una fuerte presión golpeaba los cuerpos de los tripulantes. La nave fue arrastrada hacia su interior y las estrellas desaparecieron del firmamento en un instante, al igual que las señales del radar, dejándoles totalmente solos. Vhan suspiró aliviado, soltando los mandos y dejándose caer sobre el asiento.

—Tiempo de vuelo, doce horas, eso si no explota la nave antes —anunció el androide, rompiendo el silencio que por un momento había reinado en la cabina.

—Vamos a ver si tus cálculos son correctos—dijo el humano, dejando que una sonrisa invadiera su rostro exhausto.

—Tranquilo, lo he calculado cien veces —comentó orgulloso.

—Eso espero, porque, de no ser así, o nos convertimos en puré estelar o bien saldremos fuera de la nube. En cuyo caso tendremos que volver a saltar antes de que nos detecten. Y no creo que la nave esté para hacer muchos más esfuerzos. —Se volvió hacia Ges, que aún se mantenía agarrada al asiento, aterrada ante las maniobras del piloto—. Es momento de que nos digas de qué va esto, creo que nos debes una buena explicación...

Vhan se aferró al reposabrazos y agitó ligeramente la cabeza. Estaba mareado y tenía el rostro pálido. Sus compañeros le miraron por un momento al comprender que algo iba mal y se dieron cuenta de que gran parte de su asiento estaba teñido de rojo. Con la emoción de la huída ninguno se había acordado de que aquella herida seguía abierta, manando sangre sin parar. El mercenario se llevó una mano al costado, que se manchó en un instante mientras sus ojos se cerraban con rapidez, sumiéndose en la inconsciencia.

3. Un nuevo trabajo

Ges escurrió el paño y lo colocó con delicadeza sobre la frente de Vhan, que sudaba por todas sus poros fruto de la fiebre que le invadía. Tidux se había encargado de curar y suturar la herida de su compañero pues, como había podido comprobar la joven, no era la primera vez que herían al mercenario. A pesar de la medicina galáctica, capaz de regenerar el tejido, el cuerpo del mercenario estaba cubierto por una decena de cicatrices.

Una vez realizado su trabajo, el robot volvió al puente de mando para vigilar el estado de la nave durante el salto hasta las Lunas de Medic. Este le había indicado que iba a durar más de diez horas y ordenado que cuidara de Vhan mientras tanto. Desde ese momento había estado vigilando sus constantes y tratando de apaciguar su dolor, que no le dejaba descansar tranquilo, provocándole alucinaciones.

Cuando ella volvió a retirar el paño de su cara, blanca como la de un muerto, el enfermo dijo unas palabras, tan débiles que casi no pudo distinguirlas.

—Huid, saltad, no podemos enfrentarnos a ellos.

La mujer lo miró atenta, esperando que continuara hablando para comprender a dónde le había llevado su mente febril, pero no dijo nada más. Se levantó del asiento con cierta decepción para ir a buscar más agua fría cuando divisó el estante que había a un lado de la cama. A pesar de que todo estaba repleto de polvo, pudo distinguir los llamativos colores de dos maquetas de cazas de combate que decoraban cada lado de la repisa. En el centro, un marco digital dejaba ver diversas fotos que iban pasando lentamente en las que aparecía un Vhan, mucho más joven, vestido de uniforme junto a otros soldados humanos. En algunas posaba firme junto a alguna nave o caza de combate, pero en muchas otras estaba riendo o bromeando con el resto de lo que podría suponer que eran sus amigos. Al lado del dispositivo había una gorra de oficial y, apoyados contra la pared, algunos galardones, medallas y placas de méritos.

Ges analizaba todas aquellas condecoraciones con detenimiento cuando sintió una ligera sacudida, que hizo que el agua del cuenco se zarandeara de un lado al otro. La miró un segundo, desconcertada, antes de sentir cómo el motor, que hasta aquel momento zumbaba con fuerza, enmudecía.

—¿Habremos llegado? —Se preguntó en voz alta, dirigiéndose hacia el cuarto de baño para continuar con su tarea.

Al volver a sentarse junto a Vhan, la compuerta de la habitación se abrió con un ligero susurro. La mujer se volvió con cierto sobresalto antes de ver que se trataba de Tidux, quien estaba quieto en el umbral, mirando al interior.

—Ya hemos llegado. Nos encontramos en el interior de una nube, así que no podrán rastrear nuestro agujero de salida. —Ges sonrió al escuchar aquella noticia—. ¿Cómo se encuentra?

—La fiebre aún no ha remitido y tiene algunas alucinaciones.

—Aunque la herida se haya curado, el cuerpo debe reponerse —explicó este—. Si no te importa, yo haré la próxima guardia, así podrás descansar.

—Gracias —dijo ella, levantándose de la silla y acercándose al robot, que se hizo a un lado para que pudiera salir de la estancia.

Ges disfrutaba de la maravillosa visión que tenía ante sus ojos. Pequeños cristales de hielo brillaban con fuerza en el interior de la nube de polvo estelar mientras, en la lejanía, se podían distinguir tres grandes lunas cubiertas de cicatrices a lo largo de toda su superficie, provocadas por la incesante lluvia de meteoritos durante miles de años. Incluso dos de ellas tenían enormes grietas que se adentraban cientos de kilühns en el interior del cuerpo celeste, fruto del gran impacto de aquellas enormes rocas; cuyos trozos, así como los del propio satélite, aún se movían en órbita a su alrededor.

Ensimismada con aquella visión del espacio no se dio cuenta de que Tidux había entrado en la cabina hasta que habló con su voz profunda y metálica.

—Vhan se pondrá bien. Le está bajando la fiebre y la herida no parece que vaya a darnos problemas. Lo más peligroso ya ha pasado.

Ges se volvió hacia él y sonrió con dulzura.

—Es una bonita imagen, ¿verdad? El espacio… —dijo él, adivinando lo que tenía en la cabeza la joven tras analizar el estado de relajación el que estaba—. Hay pocas cosas que sean más hermosas que esto.

—No te ofendas, pero se me hace raro oír esas palabras procedentes de un robot —comentó ella mientas veía cómo este tomaba asiento, uniéndose a la observación del cosmos.

—Puede que no sea un ser de carne y hueso o que no sea capaz de crear algo de la nada… —Anunció Tidux con solemnidad—. Pero sí puedo apreciar la delicadeza con la que el universo ha sido creado, puedo ver las interacciones de los sistemas y los planetas, cómo las partes se mueven en el interior de un todo. Un único ecosistema en el que, hasta algo tan minúsculo como un átomo, forma parte de una estructura tan grande como es el universo. Incluso en la destrucción se pueden observar las maravillas del cosmos. Fíjate en este lugar, hará millones de años este era un sistema compuesto por tres planetas, pero el sol explotó en una supernova y consumió todos los cuerpos celestes, solo estas lunas sobrevivieron a la destrucción. A pesar de ello, algún día volverá a formarse un nuevo astro y, con el tiempo, nuevos planetas girarán en torno a él. El universo y su ciclo de la vida y la muerte es maravilloso.

La mujer lo miró por un instante, la luz del exterior refulgía sobre el metal de su cuerpo, uniéndolo con el exterior, como si él mismo formara parte de la nube que los rodeaba.

—¿Cómo ha llegado un poeta como tú a trabajar de mercenario con Vhan?

—Si no fuera por él, ahora mismo no existiría. Me dio la vida y me mejoró hasta ser lo que soy ahora.

—No me imagino a Vhan haciendo de ingeniero —comentó ella con una sonrisa, divertida al imaginarse al mercenario haciendo aquella tarea.

—No lo hizo solo, recibió ayuda de un científico fugitivo, pero fue él quien se preocupó por mí y no paró hasta conseguir que me repararan. Y, aunque te parezca que solo es un mercenario que sabe disparar, también tiene conocimientos de mecánica y tecnología. Algo indispensable para un piloto del Cuerpo de Protección.

—Oí hablar del Cuerpo en alguna ocasión, cuando era pequeña. Se encargaba de proteger a los humanos, ¿no?

—Así es. A pesar de que cualquier tema concerniente a las acciones de los humanos y otras razas tuviera que someterse a la autoridad del Gobierno Galáctico, el Cuerpo de Protección tenía un poder real sobre vuestros congéneres —explicó el robot con lentitud, para que comprendiera la importancia de la institución.

—¿Y Vhan estuvo en el Cuerpo?

—Sí, se alistó cuando debía tener catorce o quince años. Recuerdo que estaba ansioso de probarse a sí mismo y de ayudar a los demás. Desde el primer momento demostró una gran capacidad pilotando la pequeña flota de cazas de combate que poseía el cuerpo.

—¿Qué pasó? —Preguntó la mujer, que adivinaba que se escondía algo importante detrás de todo aquello.

—En poco tiempo, Vhan se convirtió en uno de los mejores pilotos. Siete años después de su ingreso en el Cuerpo, se le dio la misión, junto a todo su escuadrón, de proteger el mayor convoy que había decidido surcar el espacio desde el gran éxodo. El destino era el planeta Ghán, perteneciente a la Federación de Comercio y Transporte, donde una comunidad humana iba a vender todas las mercancías útiles de las que disponían con el fin de pedir la concesión de un planeta.

»Pero, al realizar nuestro segundo salto, un grupo de naves nos atacó. No sabíamos de dónde habían salido ni quiénes eran. Simplemente abrieron fuego. Nos alcanzaron y caímos hacia uno de los planetas, atraídos por su gravedad. Vimos cómo destruían a nuestros aliados y al resto de naves sin poder hacer nada para impedirlo.

—Lo recuerdo —dijo Ges con tristeza—. Aunque era una simple niña, me acuerdo del día en que aquella noticia llegó a la estación. Se culpó a un grupo terrorista anti humanos. Arrestaron y ejecutaron a un par de militantes, pero siempre se ha creído que no atraparon a todos los miembros de la cúpula.

—Quién sabe. En la galaxia hay todo tipo de habitantes y a algunos no les gustan los humanos, al igual que otras muchas razas. Siempre hay una cierta enemistad, pero aquello fue un duro golpe que tardaría mucho en olvidarse —explicó Tidux dejando que sus palabras se desvanecieran en la cabina antes de continuar—. Nosotros nos estrellamos contra la superficie del planeta. Estuvimos días tratando de arreglar la nave, que había sufrido graves daños, viendo cómo decenas de trozos del convoy se precipitaban a la atmosfera, quedando reducidos a cenizas.

»Cuando conseguimos hacer que el caza volviera a funcionar, volamos directos hacia la base del Cuerpo de Protección, pero no quedaba nada. Pocas horas después del ataque, los mismos terroristas destruyeron las instalaciones que teníamos esparcidas por toda la nebulosa. El Gobierno Galáctico no hizo nada al respecto, solo atrapó a los terroristas, pero no trató de ayudar a los humanos. Quienes, con aquel golpe, estaban destinados a ser una especie en peligro de extinción. A nosotros, el Cuerpo de Protección, se nos declaró culpables por haber permitido la destrucción del convoy y tuvimos que exiliarnos. Aunque ya estábamos muertos a sus ojos, ya que se nos había considerado caídos en combate. Así que, desde aquel momento, nos hicimos con una nave nueva y nos pusimos a trabajar de mercenarios.

—Pero, ¿cuál es tu historia? Has estado hablando de Vhan y del Cuerpo, pero en ningún momento has hablado de ti mismo.

—Yo era el ordenador de su caza de combate. —Ges se removió en el asiento, sorprendida al escuchar aquellas palabras—. Verás, una de las primeras normas que se les inculcaba a los pilotos era que debían borrar los datos de las naves que usaran tras las misiones. La idea era que, si se perdía un caza a manos de cualquier enemigo de la humanidad, estos no pudieran sacar ninguna información que comprometiera la seguridad de la institución. Como por ejemplo; rutas de vuelo, patrullas o estrategias de combate.

»Pero Vhan no hacía caso a nadie, era uno de los mejores pilotos y siempre decía que no le alcanzarían. Así que dejó de hacerlo, y yo comencé a recopilar una gran cantidad de información. No como una mente real, pero sí con un cierto grado de inteligencia. Digamos que ya no era el simple ordenador de la nave sino más bien un compañero de vuelo. Cuando nos estrellamos, me arregló como pudo para que no me apagara y me llevó hasta la base, donde esperaba que me pusieran a punto y pudiéramos seguir surcando el espacio de nuevo...

»Pero ya no había estaciones, ni Cuerpo de Protección. Todo había desaparecido en menos de un día. Y él, en vez de dejarme tirado al ver que no podía hacer nada por mí, traspasó toda mi memoria a la mente de un robot de servicio, casi tan destruido como lo estaba yo mismo, me reparó y mejoró mi programación hasta a llegar ser lo que soy ahora.

—Y, ¿qué hiciste en el almacén? Aquella explosión… —Dijo ella, tratando de explicarse a pesar de que no comprendía qué había pasado.

—Una simple onda provocada por mi fuente de alimentación. Tengo instalado un dispositivo en mi pecho que me permite liberar de manera direccional cierta cantidad de energía y que es capaz de aturdir a quien esté a mí alrededor. Cuando se trata con criminales o gente como Heilen, uno aprende a tener siempre un as en la manga. Es algo que nos ha salvado la vida en un par de ocasiones.

—¿Ya estáis hablando de batallitas? —Preguntó una voz temblorosa desde el fondo de la cabina, haciendo que ambos se volvieran. Vhan estaba de pie, apoyado contra el marco de la compuerta, mirando a la pareja, y cubierto por una manta sucia y ligeramente descolorida sobre los hombros.

—¿Qué tal te encuentras? —Preguntó Ges, preocupada al ver el rostro blanquecino del mercenario al tiempo que un ligero nerviosismo asomaba en su mente, pensando en cuánto habría llegado a escuchar de la conversación que había mantenido con Tidux.

—Estoy mucho mejor, gracias. Algo mareado, pero me repondré. Dentro de poco volveré a ser el que era —dijo él, tratando de sonreír antes de mirar al exterior—. Parece que al final no chocamos contra nada.

—¿Lo dudabas? Ya te dije que había hecho los cálculos cien veces. A veces no entiendo cómo no confías más en mí —bufó el robot.

Vhan no respondió. Los otros dos lo miraron, esperando a que retomara la conversación, pero este se dejó caer con un golpe seco contra uno de los asientos y observó ensimismado el delicado movimiento del polvo estelar.

Finalmente, y tras un largo minuto sin que ninguno dijera nada, el mercenario continuó:

—¿Sabemos algo de las naves de la Federación?

—Les hemos despistado —informó el androide—. Si nos hubieran conseguido detectar, habrían aparecido al poco tiempo de nuestra llegada. Pero no he notado ninguna señal en el sector. Así que no saben dónde estamos.

—La nube nos ha servido de escape, perfecto. Buen trabajo, Tidux. —El robot asintió antes de que el mercenario se volviera hacia Ges—. Y ahora, es tu turno de hablar. Nos has mentido.

Ella tragó saliva al sentir cómo aquellos ojos, aunque cansados y ligeramente febriles, se clavaban sobre ella.

—Yo no…

—Si vuelves a mentirme te echo de la nave, y no pienso dejarte un traje espacial —anunció con lentitud, dejando que la joven entendiera con quién estaba tratando—. Dijiste que no sabías por qué te perseguían, pero, visto lo visto, apostaría todo lo que tengo a que sí lo sabes.

—Yo, ellos... —Trató de explicarse, pero las palabras no conseguían salir ante la dura mirada del mercenario, que esperaba atentamente una explicación. Incluso Tidux parecía haberse vuelto más distante, apoyando a su compañero con sus ojos brillantes y su rostro sin expresión. Ges miró al suelo mientras soltaba un suspiro, derrotada—. Lo siento, no sabía si podía confiar en vosotros.

—Creo que nos hemos ganado saber la verdad, te hemos salvado la vida tres veces. La primera, cuando aquellos tratantes de esclavos, si es que podemos llamarlos así, te perseguían por la estación de Pykek. Luego, en Rhesa, cuando ni siquiera Heilen se pudo resistir a la cantidad de dinero que habían puesto a nuestras cabezas. Y esta última, cuando hemos tenido que escapar del bloqueo de la Federación. No ha sido ninguna coincidencia que estuvieran ahí, sabían a quién buscaban —explicó Vhan con tranquilidad, recordando aquellos hechos mientras miraba cómo la mujer parecía encogerse en su asiento—. A mí me parece que nos hemos ganado a pulso el que confíes en nosotros. ¿No estás de acuerdo, Tidux?

—Sí, lo estoy.

—Así que, dinos, ¿qué demonios has hecho?

Vhan la observó en silencio, esperando la respuesta de la joven. A pesar de que aún estaba débil y tenía un poco de fiebre, su mente estaba lo suficientemente despierta como para saber que había una razón para todos aquellos acontecimientos.

Ges se quedó un segundo en silencio, mirando a sus dos salvadores mientras el corazón martilleaba con fuerza su pecho y su respiración se volvía errática, pensando en qué hacer. Sin darse cuenta, se llevó una mano al colgante que llevaba, jugueteando con la pieza de madera con forma circular.

—Es cierto, me habéis salvado, y por ello os seré sincera. Sé porqué me persiguen —concluyó mientras se quitaba el collar y lo tendía frente a ella—. Por esto.

—Explícate, por favor. —Pidió el mercenario, arqueando una ceja, desconcertado.

—Para hacerlo, debo retroceder en el tiempo, unos seiscientos años atrás, cuando Caronte, una de las grandes obras de la ingeniería del milenio pasado, abandonó la Tierra antes de que esta se destruyera debido al gran meteorito que impactó contra ella. Esa nave llevó a mis antepasados hasta la que fuera la primera colonia espacial que se fundó. Antes de conocer que no estábamos solos y de que existía un gobierno que regía a todas y cada una de las razas que habitaban la galaxia.

»Uno de mis parientes, un científico de renombre en la Tierra, creó una sonda espacial una vez se asentó en aquel lugar. La llamó Hope, recuerdo que me dijeron que el nombre significaba algo, pero no sé cómo se traduciría desde aquel idioma arcaico al galáctico actual. Su misión era la de buscar sistemas solares o, mejor dicho, planetas adecuados para la vida y para la especie humana. Debían tener las condiciones necesarias y ser capaces de sustentar a nuestros antepasados. Como ya os podéis imaginar, se trataba de una tarea titánica.

Ges hizo una pausa mientras tomaba aire y se recolocaba en el asiento, comprobando que los dos mercenarios seguían atentos a sus palabras

—Un centenar de años después, el Gobierno Galáctico encontró la colonia y decidió distribuirnos a lo largo de toda la nebulosa. Fueron estos dirigentes quienes desperdigaron a la humanidad en cientos de estaciones y colonias para tratar de protegernos de aquellos primeros ataques sufridos por parte de algunas de las razas que formaban esa institución. Según tengo entendido, aquello permitió la formación del Cuerpo de Protección. Desde aquel momento, nuestra historia ha sido una serie de horribles acontecimientos; la segregación de los humanos por parte de las otras razas, la esclavización, el aislamiento… Hemos dejado de ser una sociedad que miraba con avidez las estrellas para transformarnos en una en peligro de extinción.

—Todos conocemos esta desdichada historia —respondió Vhan con tristeza—. A fin de cuentas, es contada por maestros y ancianos para que los niños nunca olviden su pasado, pero este es tan lejano que ha sucumbido a las brumas de la leyenda y el misticismo. A lo largo de mi vida he podido escuchar relatos de diversas naves colonizadoras humanas, pero nunca había oído hablar de una sonda que tuviera esa finalidad.

—Lo sé, era un secreto custodiado por mi familia y algunos hombres y mujeres que ayudaron en su construcción. Después de la segregación, mis antepasados se establecieron en la estación espacial de Pykek y la misión de la Hope se transformó en un cuento de cabecera que se contaban a los niños para conciliar el sueño y darles esperanzas de que algún día todo sería mejor.

—¿Qué tiene que ver todo esto con el colgante? —Preguntó Tidux, incapaz de encontrar una relación entre lo que la mujer estaba contando y aquella simple joya.

—Ahora voy a ello —respondió tajante, mirando fijamente al robot, molesta al ver que este no comprendía que debía narrar todo aquello para llegar hasta el punto realmente importante—. Como ya he dicho, creía que aquello era una simple fábula familiar, una lección de vida para que siguiéramos adelante, pero hará diez días, la sonda llegó a la estación.

—¿¡Cómo dices!? —Exclamó Vhan, incapaz de creer lo que acababa de escuchar.

—Mi abuelo me contó que el tatarabuelo del suyo, creyendo que la sonda podía volver al lugar de lanzamiento, envió una señal codificada al espacio con la intención de que el satélite la recogiera y modificara su ruta para llegar hasta Pykek. Cuando recibimos la señal de que esta había llegado hasta nosotros no podíamos creérnoslo. A fin de cuentas, pensábamos que aquello era un simple mito. Salimos con presteza de la estación aún desconcertados y la recogimos. Estaba destrozada, parte de su casco perforado y la pintura que tanto tiempo atrás había cubierto el metal casi había desaparecido.

—¿Pero aún así había conseguido llegar hasta vosotros? —Intervino Vhan, pensando en lo que significaba aquello—. Parece imposible que después de tanto tiempo…

—Lo sé, eso es lo primero que dijimos mi padre y yo. —Su corazón se empequeñeció al pronunciar aquellas palabras. La imagen de su familia inundó su mente y la tristeza se apoderó de ella.

El mercenario vio su semblante y comprobó cómo sus ojos se tornaban vidriosos.

—Tranquila, ya pasó, no pueden hacerte daño. Respira, tómate tu tiempo.

El silencio se apoderó de la cabina durante un largo minuto antes de que Ges, tras secarse los ojos con el dorso de la mano, continuara su explicación, atragantando las primeras palabras.

—A pesar de que aquella máquina tenía casi seiscientos años, conseguimos desbloquear la información que contenía. Millones de datos acerca de sistemas solares y planetas inundaron nuestros ordenadores. Mi madre dijo que debíamos deshacernos de ella y mi padre que debíamos analizar todo aquello con cautela, sin llamar la atención sobre lo que teníamos.

»Los primeros cálculos que realizamos nos dijeron que tardaríamos años en analizar y comprobar esa ingente cantidad de información. Mucha de ella, totalmente innecesaria, así que decidí acelerar las cosas. Fui al archivo de la estación y descargué toda la información que había recopilada sobre la galaxia y sus sistemas. Desde siempre se me ha dado bien la programación, será cosa de familia, así que creé un programa que comparaba unos datos con otros, descartando todos aquellos cuya información ya no fuera válida.

—¿A qué te refieres con que no fuera válida?

—Muchos de los planetas que habían sido registrados por la sonda no eran adecuados según las propias características con las que se había programado, pero seguían estando en sus discos de memoria. Otros muchos, en cambio, habían sido modificados por las propias razas que ocupan la galaxia durante todo este tiempo. Desde terraformarciones, conquistas, extracciones de materiales o destruidos por unas u otras causas —explicó ella con lentitud para que tanto el humano como su compañero metálico entendieran a lo que se refería—. A medida que se analizaban los datos más lejanos al núcleo galáctico, la información obtenida con la sonda era más fiable, hasta el punto de descubrir nuevos sistemas aún desconocidos.

—No me extraña en absoluto que se hayan registrado nuevos sistemas solares. En muchos casos la información entre las diversas razas de la galaxia no se ha compartido —anunció Tidux—. Y, aunque seamos capaces de surcar las estrellas, su cantidad es muy superior a lo que todas las civilizaciones podrían haber descubierto a día de hoy. Solo el núcleo galáctico está perfectamente cartografiado. El resto son solo códigos e información no muy relevante en muchos casos.

—Sí, ha sido en la periferia donde he podido hallarlos. Aunque tampoco debo decir que en gran cantidad y ninguno de ellos viable como asentamiento, a excepción de uno— respondió ella, girando la pequeña pieza de madera del colgante y dejando ver una memoria portátil, que le tendió al robot—. Un sistema en el mismísimo borde exterior. No he podido encontrarlo en ninguna carta estelar, así que puedo suponer que nadie sabía de su existencia hasta que la sonda lo descubrió.

—Esto suena bien —comentó Vhan mientras veía cómo su compañero insertaba la memoria en uno de los puertos del panel de control y las pantallas se llenaban con lecturas.

—Se trata de un sistema rodeado por una densa nube de asteroides que lo protege de cualquier señal exterior, como un escudo. No sé cómo lo consiguió, pero la sonda se adentró en su interior y tomó los datos que estáis viendo ahora en los monitores.

—Una gigante roja rodeada por ocho planetas, dos de ellos, el tercero y el cuarto, con agua en su superficie y, espera —dijo el robot mientras tecleaba para que los datos aparecieran de una forma más ordenada—. En cuatro de ellos hay grandes concentraciones de…

—Alinum —espetó Vhan, mirando incrédulo los datos—. ¡Estás de coña!

—Y no solo en los planetas. Según estos datos, en algunas de las lunas también hay rastros del material —continuó Tidux.

—Efectivamente, el componente esencial para los viajes interestelares —anunció Ges con emoción.

—Un sistema así podría rivalizar con las minas que posee la Federación de Comercio y Transporte —dijo el mercenario, que lentamente ordenaba los acontecimientos en su cabeza—. Sin el alinum, el comercio entre especies sería demasiado costoso. El motor de salto es la tecnología que ha permitido conectarnos entre todos. Lo que habría sido un viaje de meses se ha transformado en uno de días. Y siendo ellos los que poseen las mayores reservas de dicho recurso pueden hacer lo que deseen con la galaxia.

—Ya sabemos por qué la perseguían. No cabe duda de que quieren apoderarse de ese sistema, y no se detendrán hasta que lo consigan —informó Tidux, poniendo voz a los propios pensamientos de su compañero—. Esa información pone en peligro el monopolio y el poder que tienen frente al resto de razas. Si cualquier otro vendiera ese mismo material, aunque fuera al mismo precio que ellos, podría hacer peligrar las bases de toda su sociedad.

—¿Conocen la localización? —Preguntó Vhan, sin poder dejar de mirar los datos de los monitores.

—No, los que vinieron a mi casa no sabían nada acerca de ese sistema solar en concreto, sino que querían que les entregara toda la información que había recopilado de la sonda.

—Entonces, si no conocían la existencia de ese sistema, ¿cómo podían saber que tenías esos datos?

—Creo que llamé demasiado la atención —respondió mientras repasaba mentalmente todo lo que había hecho aquellos últimos días—. Estoy segura de que la aparición de la sonda en la estación despertó el interés de alguien. No todos los días aparece una sonda que debería estar en un museo o en una chatarrería. Luego, me puse a descargar los datos de los archivos; sistemas solares, planetas, la historia de las últimas colonizaciones. Sin contar que una vez descubrí el sistema repasé las propiedades del alinum, los métodos de extracción y los planetas que lo poseían.

—Seguro que eso disparó alguna alarma —anunció el robot.

—¡Para no hacerlo! Prácticamente le gritaste al universo lo que habías descubierto —concluyó Vhan, negando con la cabeza—. En tan poco tiempo realizar todas esas búsquedas…

—No le hice caso a mi padre, debíamos haber buscado y analizado los datos con cautela, pero no quería esperar. —Sus ojos se tornaron cristalinos de nuevo mientras la tristeza recorría su cuerpo—. ¡Por mi culpa están muertos! ¡Mi padre, mi madre, los he matado!

Vhan colocó una mano sobre el hombro de Ges al tiempo que esta se acurrucaba en su asiento, dejando que las lágrimas corrieran con rapidez por sus mejillas y se concentraran en su barbilla, reflejando los colores de la nube de polvo antes de caer al suelo metálico de la nave. Los dos mercenarios dejaron que se desahogara mientras lanzaban alguna que otra mirada a los datos que se mostraban en pantalla.

—Los de la Federación no se detendrán hasta que tengan en su poder esta información —dijo Tidux en voz baja, tratando de no molestar a la joven y rompiendo el silencio que les rodeaba.

—Tienes razón, nos hemos escapado una vez, pero creo que hemos gastado nuestra suerte con esta huída. Aumentarán la recompensa por nuestras cabezas y esos cruceros no dejarán de buscarnos.

—Pocos sitios encontraremos que no estén controlados de una manera u otra por la Federación —informó su compañero metálico.

—Tenemos muy pocas opciones. A no ser que la entreguemos nosotros mismos —comentó Vhan con una sonrisa, haciendo que Ges alzara su cabeza hacia él. A pesar de que tenía los ojos rojos y empañados, parecían capaces de atravesar la carne—.

Tranquila, era una broma. Los tres estamos en el mismo barco, y poco podemos hacer al respecto.

—Entonces, ¿qué podemos hacer, quedarnos aquí ocultos hasta que pase la tormenta?

—Sería la mejor opción.

—Hay otra solución —comentó Ges, recuperando la fuerza en su voz y haciendo que los dos la miraran.

—¿Cuál?

—Podríamos ir al sistema y reclamarlo —anunció con lentitud. Aquellas palabras habían salido sin pensar, pero no estaba sorprendida. Al contrario, algo en su interior le decía que aquella elección la había hecho hacía ya largo tiempo. Los miles de sueños e historias sobre un nuevo mundo que le había contado su familia cuando era una niña volvieron a inundar su mente.

—¿Perdona? Creo que he escuchado mal… —dijo Vhan con asombro—. Me parece haberte oído decir que quieres reclamar el sistema.

—Sí, he estado leyendo la legislación de las colonizaciones y tomas de posesión de los planetas. Según la normativa del Gobierno Galáctico, si se descubre un planeta o región que no posea ningún indicio de vida autóctona y que no pertenezca a ninguna otra raza o, bajo el permiso de esta, se podría reivindicar su dominio frente a los órganos de gobierno. De esta manera, dicho territorio pasaría a ser de una persona, grupo, alianza o raza —explicó ella, recordando los documentos que había estado leyendo pocos días atrás en la estación espacial y recitándolos sin pausa alguna—. Por los datos que tenemos, el sistema está totalmente desolado, no hay ningún tipo de vida autóctona y no pertenece a nadie. Está en el borde exterior, ninguna especie se ha alejado tanto de sus dominios del núcleo galáctico, así que sería posible reclamarlo para nosotros, los humanos.

—¿¡Es que estás loca?! ¡Es un suicidio! —Exclamó Vhan con toda la fuerza que pudo reunir a pesar de su estado.

—¿Pretendes recorrer la galaxia con la Federación pisándonos los talones? —Preguntó Tidux, viendo cómo su compañero se llevaba las manos a la cabeza—. Sin contar con todos los cazarrecompensas que estarán limpiando sus armas y poniendo a punto sus naves para atraparnos.

—¿Por qué no? Es mejor que quedarse aquí escondidos. Hemos despistado a los de la Federación y, si nos diéramos prisa y avanzáramos antes de que los cazarrecompensas encontraran nuestro rastro, podríamos conseguirlo.

—¿Podríamos? —Espetó el mercenario—. No, no, no pienso acompañarte en este viaje hacia la muerte…

—Dime, si ahora no pretendes ayudarme, ¿por qué me salvaste en la estación, por qué no me dejaste tirada en el pasillo donde nos encontramos?

—Que sea un mercenario que intenta sobrevivir en esta galaxia de mierda no significa que no tenga corazón y me preocupe por mis semejantes.

—¡Entonces, ayúdame! ¿Es que la idea de fundar un nuevo hogar para la humanidad no te parece importante? —Inquirió Ges con furia, incrédula ante la respuesta de Vhan.

—No, ahora ya no, he hecho demasiados sacrificios a lo largo de mi vida para que me importe. Y tú deberías abrir los ojos y ver la realidad, lo único que conseguirás si lo haces es la muerte.

Ella miró al robot en busca de apoyo, pero no hubo ninguna respuesta por su parte. Este se limitó a observar a los dos humanos sin decir nada.

—¿Quieres dinero? —Preguntó, desesperada al ver la reacción del hombre—. Lo conseguirás. Estamos hablando de un sistema plagado de alinum, ¿qué te parece llevarte la bodega llena? No sé muy bien de cuánto estaríamos hablando pero seguro que…

—Al precio actual en el que está en el mercado, serían unos tres cientos millones de créditos —intervino Tidux, aclarando aquel punto y haciendo que las cejas de Vhan se alzaran por un segundo al escuchar aquella cifra. Al darse cuenta de su error, trató de reponerse y dejar su rostro inexpresivo.

—No, me da igual el dinero. No pienso ponerme un lazo y entregarme a la Federación o, peor, a algún desgraciado a quien no le gusten los humanos y que nos vaya a torturar antes de cobrar el dinero por nuestras cabezas —dijo él. Un escalofrío recorrió su espalda al pensar en algunos de los seres que había conocido durante aquellos años de mercenario—. Lo primero que vamos a hacer será arreglar la nave. Estaremos unos tres o cuatro días, ¿no?

—Más bien cuenta siete —comentó el robot.

—Pues siete, da igual, permaneceremos aquí, repararemos la nave y te llevaremos a alguna estación cercana en la que puedas pasar desapercibida. Y luego, nosotros nos iremos a algún lado donde podamos desaparecer durante un tiempo. Lo bueno es que no tuvimos que pagar las piezas a Heilen, así que tenemos cinco mil créditos para comprar provisiones y escondernos hasta que pase la tormenta.

—¡¿Es que pensáis dejarme tirada?! ¡¿Qué pasa si me cogen?!

—Cambiaremos tu identidad y buscaremos algún refugio para humanos, ahí estarás a salvo, ellos te protegerán.

—Igual que estás haciendo tú, huyendo de todo esto —replicó con furia, agarrándose con fuerza al asiento.

—Mira, sé bien de lo que estoy hablando. Yo perdí a todos mis amigos y todo lo que me importaba por ese estúpido sueño. Querían mejorar la vida de la gente y al final vi cómo morían sin poder hacer nada al respecto. ¿Tienes idea de lo que es eso? —Inquirió él, clavando sus ojos repletos de rabia y dolor en los de ella, que los rehuyó con rapidez—. No, estoy seguro de que no. He perdido demasiado, ahora solo quiero preocuparme de mi pellejo, gracias. Y no hay más que hablar —anunció Vhan, levantándose del asiento—.Vamos, tengo hambre. Es el momento de preparar la comida, luego comenzaremos con las reparaciones.

El sonido del metal golpeando la compuerta resonó con fuerza en el interior de la habitación. Vhan, que estaba abrochándose el pantalón, miró hacia ella y gritó, haciéndose oír a través de las paredes.

—¡Pasa! —La compuerta se abrió, dejando ver la imagen de Tidux recortada en el umbral de la puerta.

—Con permiso —dijo él mientras entraba y volvía a cerrar—. Acabo de realizar el último chequeo a todos los sistemas, estamos totalmente operativos.

—Perfecto, ya era hora. Por fin podremos salir de esta maldita nube. Ya nos estábamos quedando sin provisiones —comentó el mercenario con una sonrisa, atándose los zapatos y comprobando que el robot seguía ahí parado. Lanzó un suspiro al tiempo que volvía a erguirse para mirarlo—. ¿Algo más?

—¿De verdad vamos a dejar a Ges en una colonia e irnos? Desde que nos contó lo del sistema no habéis vuelto a hablaros. Simplemente os miráis sin decir ni una palabra, no creo que eso sea bueno para mantener una buena relación de amistad.

—Es lo que pretendemos, Tidux, que no exista tal relación. Y sí, la dejaremos en algún sitio y nos esconderemos durante un tiempo, hasta que todo se enfríe. Ya lo hemos hecho en más de una ocasión.

—¿Crees que vamos a poder huir esta vez? —Preguntó Tidux al humano, que no respondió. Simplemente se limitó a mirarle—. ¿No crees que esta es nuestra oportunidad de redención?

—¿Redención, qué sabes tú de redención? —Inquirió él, asombrado al escuchar aquellas palabras en la boca de un robot.

—Puede que sepa poco sobre ello, a fin de cuentas, soy un ente artificial. —Dejó que su voz metálica se desvaneciera antes de continuar—. Pero creo que es la oportunidad para intentar conseguir lo que nuestros amigos no pudieron hacer y por lo que sacrificaron sus vidas. ¿Te acuerdas de la alegría que sentían todos cuando iniciamos la misión?

—Sí —respondió él, bajando la cabeza y mirando al suelo mientras unas imágenes del pasado volvían a su mente—. Lo recuerdo muy bien, Tidux. Cuando cierro los ojos les veo, a todos ellos. Pero tampoco puedo olvidar los gritos, las explosiones, los cuerpos flotando y cómo la esperanza que tenían era engullida por la oscuridad del espacio.

—Sé muy bien que ellos no volverán a la vida, pero sí podríamos recuperar sus ideas, sus sueños; conseguir un planeta, un sitio donde los humanos pudieran vivir, un hogar…

Vhan miró a su compañero de metal en silencio, midiendo lo que acababa de decir. Siempre había estado allí, presente en todo lo que había hecho, y sabía muy bien que muchas veces, aunque él no quisiera aceptarlo, sus palabras eran acertadas.

—¿Crees de verdad que podría funcionar?

—He comprobado que no pertenece a ninguna región, imperio o raza; y tampoco he detectado signos de vida. Si nos basamos en las leyes de conquista planetaria, y si los datos de la sonda son correctos, podríamos reclamarlo sin que nadie pudiera impedírnoslo.

—Vale, digamos que es posible —capituló el humano—. Pero me refiero a que si crees que sobreviviremos a esto. Sabemos perfectamente que la Federación no se detendrá. Hemos podido ver sus métodos, ¿te acuerdas de los comerciantes del sistema Pelen? No quedó nadie que pudiera hacerles frente, destruyeron toda la ciudad, los negocios, las viviendas, hasta sus familias.

—Lo sé, lo recuerdo, es mejor no tenerles como enemigos, pero ya no tenemos elección. Creo que la solución sería ir y reclamarlo, así conseguiríamos que no pudieran tocarnos.

—Vamos a morir, estoy seguro. —Suspiró Vhan.

—Tú siempre has dicho que cuando mueras, te reunirás con el resto del escuadrón. —El mercenario se quedó totalmente quieto, mirándolo, sin saber cómo responder a aquello. Tidux, al ver en su rostro que había tocado un tema que no debía haber sacado, reaccionó con rapidez—. Te esperaré en la cabina. Y Vhan, es tu elección, ya sabes que yo te seguiré a donde sea.

—Entendido, gracias —respondió él, dejando que una sonrisa aflorara en su rostro. El androide se volvió y se dispuso a salir de la habitación—. Ahora iré, dame unos minutos.

Vhan recogió la camiseta que había sobre la cama mientras analizaba las respuestas de Tidux. Cada vez le sorprendía más la capacidad que tenía para entender ideas o sentimientos tan complejos como aquellos. Acababa de hablarle de lealtad, de redención, de la amistad, de lo que debían hacer, e incluso le había atacado aludiendo al Cuerpo de Protección. Hasta había comprendido su idea de que tras la muerte se volvería a encontrar con todos ellos.

Aquellos pensamientos ya no eran los de un simple ordenador; su programación había evolucionado, había mejorado hasta parecer una verdadera inteligencia. Pocos eran los robots que tuvieran esos indicios de inteligencia, por no decir que era el único. Lo sabía muy bien, pues había acudido al mayor científico especializado en inteligencia artificial para que le ayudara en la creación de su compañero.

Acababa de huir de la base del Cuerpo de Protección tras construir, con los restos de las piezas abandonadas, un nuevo cuerpo para Tidux. A pesar de ello, sabía que aun habiendo volcado su memoria en ese nuevo cerebro artificial, sus pensamientos siempre serían lineales, siendo solamente una máquina más. Pero, al ser el único amigo que le quedaba, decidió buscar ayuda en ese científico.

Grundry Glädlet era un ser escurridizo. Había sido perseguido por los Guardianes del orden de la Galaxia, teniendo que escapar de su propio planeta de origen debido a sus investigaciones. Tardó casi un año galáctico en encontrarlo, escondido en un asteroide en el que había vuelto a construir su laboratorio. Tuvo que suplicarle y amenazarle a partes iguales para que creara aquel robot, contradiciendo las normativas de inteligencia artificial que él ya se había saltado en más de una ocasión, pero finalmente aceptó hacerlo. Y ahí estaba el resultado. Aguardando en la cabina, dispuesto a seguirle hasta el mismo fin del universo.

No pudo sino sonreír con orgullo al tiempo que terminaba de colocarse aquella prenda. Fue en ese momento que vio por el rabillo del ojo un débil brillo azulado y, al darse la vuelta, distinguió el estante que había junto a la cama, donde descansaban sus condecoraciones y las imágenes de sus antiguos compañeros de armas.

—¿Estamos listos para partir? —Preguntó el mercenario al ver como los otros dos ya estaban sentados en sus asientos, esperándole. Ges le miró con furia mientras este avanzaba hacia el asiento del piloto y se abrochaba el cinturón en silencio, sin que nadie se atreviera a decir nada. Una vez sujeto, se recostó sobre la silla y se volvió hacia la mujer—. ¿Puedes darme la memoria un momento?

—¿Para qué? ¿Ya no te basta con dejarme tirada, ahora también quieres robarme?

—Por favor, dámela. —Pidió él, tendiéndole la mano.

Ges, indecisa, lo analizó por un segundo, intentado descubrir sus intenciones. Vhan se quedó quieto, esperando a que se la entregara mientras la miraba con unos ojos vivaces. Vencida, y soltando un profundo suspiro, se quitó el collar, abriéndolo y entregándole la memoria. El mercenario la agarró mientras le sonreía agradecido, insertándola en el panel de control. Los datos que días antes les había enseñado volvían a la pantalla; y tanto ella como el robot miraban curiosos cómo Vhan tecleaba con rapidez y sin pausas. De pronto, en el proyector holográfico apareció la imagen de la galaxia.

—Tidux, ¿qué necesitaríamos para enviar una señal desde el interior del sistema que descubrió la sonda hasta el Gobierno Galáctico?

—Lo mejor sería una antena del tipo K. Sus características nos permitirían enviar la información de manera rápida y sin interferencias. Las emisiones, ya débiles al haber atravesado el cinturón de asteroides que rodea al sistema, serían absorbidas y aumentadas por la antena antes de ser dirigidas hacia el sistema Jahxon, donde el Gobierno Galáctico tiene su sede. Aunque con una nos bastaría, recomendaría instalar dos en el exterior del cinturón; apuntando hacia el interior de la galaxia, formando ciento ochenta grados con referencia al sol como centro. De esta manera conseguiríamos alargar la expansión de la onda y llegar no solo a su centro de gobierno, sino también a las otras razas que lo forman. Considerando que los planetas y naves que reciban la señal nos servirán como nuevas antenas de emisión, calculo que en menos de tres días toda la galaxia habría recibido la información.

—¿Por qué dices eso? —Preguntó Ges.

—Así que necesitaríamos dos antenas —continuó él, sin prestarle atención a la mujer—. ¿Crees que la señal de nuestra nave bastaría para hacer de foco de la comunicación?

—Deberíamos modificar parte del sistema integral y desmontar media cabina para conseguir obtener la fuerza necesaria. Recomiendo adquirir un aparato más potente, una del tipo kilosn sería suficiente.

—¿Una estación terrestre? —Inquirió Vhan, meditando durante un segundo—. Sí, sería lo más fácil y práctico.

—¿Qué estáis diciendo?

—Sistema de comunicaciones y antenas externas, eso podría salir bastante caro —dijo Vhan, calculando mentalmente—. ¿Unos diez o doce mil?

—Posiblemente, aunque seguro que podríamos encontrar las piezas de segunda mano. Seguramente requerirán alguna reparación o ajuste, pero nos saldría más barato.

—Es una opción.

—¿¡Qué está pasando!? —Gritó Ges, cansada de que ninguno de los dos le prestara atención.

—Pues que he decidido que estamos lo suficientemente locos como para ir a tu maldito sistema y reclamarlo —explicó Vhan con lentitud, volviéndose hacia ella para ver su cara de sorpresa.

—¿De verdad?

—Sí, aunque lo más probable es que nos maten por el camino.

—¿Qué quieres hacer con las antenas? —Preguntó ella. Toda la furia que había sentido hasta aquel momento acababa de desaparecer.

—No solo necesitamos llegar allí y reclamarlo. Debemos demostrar que lo hemos hecho. Necesitaremos enviar los datos de la sonda para que haya una constancia de cuándo se obtuvieron por primera vez, un análisis en el momento en que lleguemos allí y la toma de posesión en sí misma.

»Así que necesitamos poder transmitir todas esos datos al Gobierno Galáctico y, cómo bien ha dicho Tidux, también deberíamos enviarlo al resto de las razas. Incluso aprovechar para contactar con los humanos desperdigados por la galaxia. —Hizo una pausa para comprobar de nuevo la información de las pantallas y que Ges comprendía la difícil tarea que debía llevarse a cabo—. Si lo que nos dijiste es verdad, solo hay que llegar antes que nadie y reclamarlo. Una vez lo hayamos hecho, los de la Federación ya no podrán tocarnos, o se enfrentarán al propio reglamento galáctico y al resto de miembros.

—Las probabilidades de que la Federación de Comercio y Transporte decida enfrentarse a todas las civilizaciones del Gobierno Galáctico ante un reclamo legítimo son escasas —intervino Tidux, quien analizaba toda aquella información con rapidez—. Pero, ¿cómo lo haremos?

—Ahora mismo estamos aquí, en las Lunas de Medic. —Vhan colocó un dedo sobre la proyección, señalando una región alejada y al suroeste del centro de la galaxia—. Y nuestro destino está… —continuó, alargando la última letra mientras buscaba con los nuevos datos introducidos el sistema solar desconocido. Finalmente colocó de nuevo el dedo sobre la parte noreste, muy cerca del límite de la nebulosa—. Aquí, aquí está nuestro objetivo. Nos separan unos doce mil millones de unidades astronómicas. Un poco más y tenemos que recorrerla de punta a punta. Con la velocidad de salto de la nave, calculo que podríamos llegar allí en nueve o diez días.

—Tus cálculos no son correctos —espetó el robot—. Según la distancia que hay y las especificaciones de la nave, podríamos hacerlo en ocho.

—Lo sé, pero cuento que vamos a perder un día entre cargar combustible, comprar provisiones, conseguir el nuevo sistema de comunicación. A veces hay que redondear, ¿sabes? —Comentó el mercenario—. Lo bueno es que los de la Federación no saben dónde estamos ni la localización exacta del sistema. Lo malo es que sus naves podrían hacer el viaje en unos tres días. Así que no podemos dejar ninguna señal de nuestras intenciones hasta que ya hayamos llegado, cosa que va a ser muy complicado.

El robot se volvió un instante hacia la pantalla auxiliar que tenía frente a él y apretó unos botones. Gran parte de la galaxia artificial que se proyectaba desapareció, dejando únicamente las regiones que rodeaban la larga ruta que debían seguir.

—¿Dónde quieres que nos detengamos? —Preguntó Tidux.

—Yo pensaba que el primer salto podría ser hasta el chatarrero de Barnuk, donde podríamos encontrar las antenas y la base de comunicación. Está algo alejado de nuestra ruta principal, pero es el mejor sitio para comprar. Además, hay que añadir que los de la Federación y los alraks tienen una cierta enemistad. Así que creo que no nos buscarán allí; y a ellos les dará igual quiénes somos.

—Es uno de los mejores sitios para comprar las piezas que necesitamos. Me parece buena idea —asintió el robot mientras marcaba la localización en el mapa, dejando que un punto de color rojizo apareciera sobre una de las estrellas del mapa galáctico—. ¿Y después?

—Iría a la estación Lardalan. Aunque no les gusten los humanos, podríamos comprar las provisiones que nos faltan para el viaje y repostar. Luego solo tendríamos que volver a saltar a la constelación de Xryred.

—¿Qué hay allí? —Preguntó Ges al ver el nuevo destino que marcaba Vhan en el mapa.

—Ese es el imperio de los mushons, una raza pacífica y con la que los humanos siempre han estado en consonancia. Existe una colonia viviendo junto a ellos, así que no crearíamos sospechas. Podríamos revisar los sistemas, las antenas y todo los que nos hiciera falta antes de dar el último salto.

—Sería un buen lugar donde prepararnos —confirmó el robot.

—Sí, luego simplemente tendríamos que saltar al interior del sistema, colocar las antenas, enviar los datos y reclamar el sistema.

—Parece fácil así como lo dices —comentó la mujer, tratando de sonreír a pesar de que sabía que aquel viaje iba a ser el más peligroso que tanto ella como los mercenarios habrían hecho a lo largo de toda su vida.

—Entonces, el punto más peligroso de nuestra expedición será la estación Lardalan —anunció Tidux, observando el mapa.

—Pero ahí siempre hay mucha gente yendo y viniendo. Es cierto que es un punto de abastecimiento para cazarrecompensas, contrabandistas y mercenarios… —explicó Vhan con lentitud, analizando los riesgos—. Pero creo que con el tiempo que tardaríamos en repostar y comprar lo necesario para el siguiente salto nadie se daría cuenta de que hay una recompensa por nuestras cabezas. Si todo sale bien, cuando estos o los de la Federación nos detecten, ya nos habremos ido de allí. Y continuará nuestra carrera hacia el sistema. Así que, una vez dicho esto, lo repetiré, ¿estáis listos?

—Gracias. —Ges sonrió y asintió con fuerza. Aunque Vhan le había dicho en un principio que era una locura y un suicidio, la manera en que había explicado lo que pretendía hacer le había dado nuevas esperanzas de poder cumplir aquel cometido. Parecía imposible que algo pudiera saliera mal ante aquel plan.

—No me las des, recuerda, trescientos millones de créditos…

El mercenario apretó los interruptores de encendido. Todas las luces de los comandos y botones recuperaron su intensidad, iluminando por completo la cabina al tiempo que el motor volvía a rugir con fuerza tras las reparaciones. La nave estaba preparada para saltar de nuevo hacia su próximo destino.

4. El farol

—¿De verdad tenemos que hacer esto? —Preguntó Ges cuando Vhan volvió a entrar en su habitación cargando una decena de prendas de vestir.

—Sí, es lo mejor —respondió mientras dejaba todo lo que llevaba sobre la cama. Se volvió hacia ella y vio lo preocupada que estaba—. Aunque a los alraks no les interese mucho lo que hace la Federación y viceversa, debemos estar preparados. El anuncio de la recompensa dice que buscan a un hombre, una mujer y un robot. Así que, si te haces pasar por un hombre, tendremos más posibilidades de pasar inadvertidos, ¿verdad, Tidux? —Preguntó a su compañero, que se encontraba detrás de Ges, con unas tijeras en la mano, dispuesto a cortarle a la mujer la larga cabellera que tenía.

—Sí, las posibilidades de reconocimiento a primera vista y sin uso de tecnología de análisis disminuyen en un treinta y cinco por ciento al cambiar de género a través de la vestimenta y peinado.

—Ves, es lo mejor —concluyó, sonriendo al comprobar cómo el robot analizaba el pelo de Ges—. Por eso te traigo parte de mi ropa, te haremos parecer un mercenario más. Serás mi segundo al mando, te llamarás Certon y diremos que te recluté hará dos años galácticos en la Región Hundida. Vivías en la estación que rodeaba el planeta Neru y nos conocimos durante un trabajo de contrabando.

—Lo sé, ya me lo has repetido cuatro veces —anunció ella antes de cerrar los ojos al oír el primer chasquido de las tijeras.

—Vale, vale, solo lo hacía para que quedara claro, no lo repetiré más. —Se disculpó el mercenario al tiempo que una ola de tristeza se adueñaba del rostro de la mujer al sentir de nuevo la presión de las tijeras sobre su cabellera—. Tranquila, no te preocupes por tu pelo, Tidux sabe lo que hace.

Ges transformó su tristeza en furia al escuchar aquellas palabras, desafiando a Vhan con la mirada mientras se removía en su silla, dispuesta a lanzarse contra aquella sonrisa amistosa. Aquel hombre no podía entender lo que significaba para ella aquel acto. Estaba perdiendo parte de su propia identidad.

—No te muevas, por favor, no quiero cortar de más —intervino el robot, tratando de que Ges se mantuviera quieta y poder así seguir con su trabajo. Vhan, por su parte, se sentó en la cama, junto a la ropa que había traído. Se quedó mirándolos hasta que Tidux dio el último tijeretazo y alzó la cabeza de nuevo para preguntarle—. ¿Qué te parece?

—Creo que podría valer —comentó, analizando el cambio que había sufrido el rostro de Ges al tiempo que el androide se alejaba de ella, colocándose junto al humano para comprobar el resultado—. Aunque tiene los rasgos muy finos. A pesar de que ahora lo lleva tan corto como yo, hay una gran diferencia entre el rostro de un hombre y el suyo…

—No sé si agradecértelo o no —respondió Ges con condescendencia, observando a los dos mercenarios que seguían plantados frente a ella, mirándola.

—Piensa que a la mayoría de las razas tampoco les importa mucho si es un hombre o una mujer. ¿Cuántas veces has visto que alguna especie mire dos veces a un ser humano?

—Solo cuando los van a vender —respondió Vhan, tajantemente.

—Si quieres, podríamos colocarle el visor ocular que usamos en el trabajo de los contrabandistas. —Indicó Tidux, acercándose a la mujer—. Le cubriría parte del rostro y de la frente, así que ya no se verían tanto sus rasgos y, sobretodo, me permitiría ver desde la nave lo que pasa a vuestro alrededor. Sería un buen recurso por si en algún momento tengo que actuar…

—Muy buena idea, tráelo.

Tidux y Vhan estaban en silencio, apoyados contra la pared frente a la puerta cerrada de Ges, quien les había echado de su cuarto para poder cambiarse con intimidad. El zumbido del motor al cruzar el espacio rompía aquella quietud, haciendo que el humano se pusiera aún más nervioso.

—¿Cuánto va a tardar? —Dijo al fin, moviéndose intranquilo de un lado al otro.

—Respira, noto tus constantes alteradas.

—Deja de analizarme —advirtió él, girándose hacia su compañero—. ¿A cuánto estamos del chatarrero de Barnuk?

—A menos de una hora. Según mis cálculos, llegaremos al planeta a las diez y cinco, hora local.

—Perfecto, ¿tienes hecha la lista de todo lo que necesitamos?

—Sí, dame un momento para que te pase los datos al ordenador de muñeca. Pero dime, ¿por qué vas con Ges y no me dejas a mí ir contigo? —Inquirió Tidux. Al mercenario le pareció captar cierto malhumor en aquellas palabras.

—Es mejor que vayamos solo los dos, si ven a dos humanos y a un robot creo que sospecharán más de lo que lo puedan hacer cuando lleguemos. Además, prefiero que te quedes en la nave por si tienes que venir a buscarnos. A Ges no le podríamos dejar los mandos para que lo hiciera, y también quiero tenerla vigilada en todo momento. Puede que hayamos aceptado ir con ella, pero aún no puedo fiarme por completo. A fin de cuentas, nos mintió desde el principio.

—Porque tampoco se fiaba de nosotros. —La defendió el robot, haciendo que el mercenario se sorprendiera—. Explicarnos todo eso sin conocernos… Tú también habrías hecho lo mismo.

—Exactamente, y por eso no puedo fiarme.

—A veces no entiendo a los humanos —comentó Tidux con resignación.

Súbitamente, la compuerta se abrió y dejó ver a Ges en el umbral. Llevaba unas botas altas, negras, algo grandes para sus pies, unos pantalones grisáceos con bolsillos a los lados, un cinturón grueso del que descendía una pernera donde descansaba una pistola, una camiseta de color ocre, algo sucia y desgastada, y una chaqueta de cuero. Su rostro estaba en parte oculto gracias al parche que descansaba sobre su ojo derecho y del que salía una lente de color rojo, que destacaba sobre el color oscuro de su pelo, dándole una imagen amenazadora y biónica.

—¿Qué os parece? —Preguntó ella con nerviosismo.

—Bueno… —musitó Vhan llevándose una mano a la barbilla, pensando en qué decir mientras analizaba el cuerpo de la joven.

A pesar de las ropas que le había prestado, se podía distinguir que bajo estas se escondían las formas de una mujer. Podía apreciar las largas y estilizadas piernas que tenía y que terminaban en una cintura bien definida. Y, aunque sus pechos no eran muy grandes, poseían una redondez casi perfecta. Vhan alzó de nuevo la vista para mirar a la mujer, que seguía expectante.

—Esperemos que dé el pego. Sigues pareciéndome una mujer con ropas de hombre, pero puede que engañemos a los demás. Lo mejor sería que no hablaras mucho.

—Efectivamente, tu registro de voz es demasiado agudo para pertenecer a un hombre —corroboró Tidux.

—Y, habría que hacer algo con… —anunció con cierta dificultad, sin saber cómo abordar el tema—. Con, bueno, con…

—Creo que Vhan intenta referirse a tus pechos —anunció el robot con naturalidad.

—¿Cómo? —Preguntó ella mientras notaba cómo sus mejillas se sonrojaban.

—Pueden notarse tus pechos a través de la camiseta. A pesar del desconocimiento de otras razas de la anotomía humana, no tendrán problemas en identificarte como una mujer al ver los dos bultos que hay en tu torso —explicó el robot con lentitud. Vhan no pudo sino sonreír ante el tono de voz que estaba usando su compañero; le recordaba al de un médico que le había curado unas heridas un par de años atrás—. Lo mejor sería que te los vendaras, puedo ayudarte si lo necesitas. Aunque no es necesario que lo hagas muy fuerte. Si los aplanamos ligeramente podemos conseguir el efecto de los pectorales, que son más grandes y rígidos.

Ges se quedó observando al robot, boquiabierta, tan avergonzada que sentía cómo su cara ardía como el fuego. Lentamente dirigió la mirada hacia Vhan, quien sonrió al tiempo que alzaba los hombros. Se volvió sin decir nada y cerró la compuerta de su habitación tras ella, dejando a los dos mercenarios en el exterior, confusos.

—Muy bien, Tidux, has sido muy delicado.

—¿Qué he hecho?

Barnuk era un planeta desértico casi en su totalidad, con una atmosfera muy débil, donde la mayor parte de su superficie estaba desolada. Solo en el polo norte, donde la temperatura era más templada y quedaban pequeños ríos de agua subterráneos, se podía vivir no sin cierta dificultad. Los alraks, viendo una oportunidad de enriquecerse, habían decidido construir en aquel lugar un enrome chatarrero, capaz de apreciarse desde el espacio a plena luz del día.

Era el mayor cementerio de naves espaciales, vehículos de transporte, equipamiento tecnológico y de construcción de todo aquel sector de la galaxia. Pocas eran las piezas que no pudieran encontrarse entre aquellas enormes pilas de objetos, del tamaño de grandes edificios, que creaban centenares de calles por las que transitaban grúas y aerodeslizadores capaces de mover la mercancía hacia las cuatro grandes fundiciones que había en el centro de aquella urbe.

La Estrella Oscura descendió rápidamente hacia la superficie del planeta, atravesando la delgada atmósfera en dirección a la ciudad de residuos. La nave no tardó en sobrevolar los restos de un sinfín de vehículos antes de poner rumbo al hangar, situado en uno de los extremos de aquel desolado lugar, donde tomó tierra entre dos grandes cargueros que ridiculizaban el tamaño de la nave mercenaria.

Cuando el motor enmudeció, desde el interior de la cabina pudieron oír el fuerte y estridente sonido de las fundiciones, de las máquinas al transportar las pesadas cargas, las herramientas de corte y los gritos de los trabajadores que seguían con sus labores sin ni siquiera alzar la vista para contemplar la nueva nave que acababa de llegar.

—Toma, mastica esto —indicó Vhan a Ges, entregándole una bola de color azul que depositó en su mano.

—¿Qué es esto?

—Es un chicle respirador. Al morderse y mezclarse con la saliva se produce una reacción química que produce gonix, lo que nosotros llamábamos oxígeno. La atmosfera de este planeta tiene unos niveles demasiado bajos para que un humano pueda respirar con normalidad; cosa que podría provocarte una hipoxia. Con este chicle se evita eso. Es capaz de durar ocho horas, así que, mientras lo mastiques, no te pasará nada.

—Vale, lo recordaré —dijo ella, llevándoselo a la boca y mordiéndolo. Tenía un sabor refrescante.

Vhan se volvió hacia Tidux, que apagaba lentamente todos los interruptores como si de una ceremonia se tratara.

—Tú estate preparado. Si detectas alguna señal de peligro en el radar, avísanos. Y, a la mínima que veas a través del ojo de Ges o escuches algo por mi comunicador de que algo no marcha bien, o que estamos en problemas, vienes a por nosotros. ¿Entendido?

—Perfectamente —respondió el robot, encendiendo una pantalla y apareciendo la imagen de la propia cabina vista a través del visor ocular—. Tened cuidado, y trata de conseguir las piezas por un buen precio.

—Descuida, regatearé todo lo que pueda, pero ya sabes cómo son los alraks.

Los dos humanos, con la ayuda de uno de los trabajadores del hangar, fueron conducidos hasta un pequeño edificio de acero que se encontraba en el centro del chatarrero. Este poseía un cartel, descolorido por los elementos y escrito en galáctico, que decía: oficina.

Vhan agradeció la ayuda prestada y se dispuso a entrar en el establecimiento. Apoyó su mano sobre la puerta de metal y la empujó, haciendo que chirriara por un instante antes de adentrarse en el interior del edificio. El mercenario y la mujer se encontraron de frente con una mesa repleta de objetos y diversas pantallas llenas de datos. Tras estas, una hembra alrak levantó un segundo la vista de su monitor para mirarles. Los dos pudieron ver aquellos ojos, grandes y de un color amarillento, que destacaban sobre la tez verde que poseía, repleta de pequeñas pecas. Su cuello, de más de un palmo de largo, estaba rodeado por una docena de collares labrados y de una exquisita manufactura. De su cabeza caían una serie de pequeños apéndices que llevaba atados en diversas trenzas y tiras de cuero.

—Buenos días, ¿qué desean? —A pesar de que parecía conocer el idioma galáctico, su pronunciación demostraba que no lo usaba muy a menudo.

—Buenos días. Hemos venido hasta aquí porque queríamos comprar unas piezas de segunda mano.

—Ya me ocupo yo, Al-Hang —intervino una voz que procedía desde lo alto del edificio.

Vhan alzó la cabeza para observar a un alrak obeso que bajaba lentamente la escalera que conducía al piso inferior. Tenía una gran papada que ocultaba por completo su largo cuello y una barriga que se movía de un lado para otro a medida que bajaba los peldaños. Los apéndices que caían de su cabeza se unían en diversas trenzas atadas con piezas de oro y otros materiales preciosos, pues su brillo destacaba con el sol que se colaba en el interior del edificio.

Aquel ser iba escoltado por otros dos, atléticos y de más de dos ühns de alto, que vestían con idénticas prendas: unas botas altas sobre unos pantalones protegidos por rodilleras, una prenda manga larga, cubierta por una armadura que cubría el torso, y unos guantes recortados y oscuros que dejaban los dedos a la vista.

—Bienvenidos a Barnuk, soy Al-Xuhän, propietario de este lugar. Hacía mucho tiempo que no venía una pareja de humanos a este lugar.

—¡No somos pareja! —Espetó Ges con rapidez, haciendo que su voz fuera más suave de lo que le habría gustado a Vhan, que la miró con recriminación. Un sudor frío recorrió su espalda al ver la mirada de su compañero y darse cuenta de lo que acababa de hacer. Había hablado sin pensar, dejando que una mera tontería como aquella pusiera en peligro todo el plan.

—Se refiere a que somos dos hombres y que eso que ha comentado no va con nosotros. —Trató de aclarar el mercenario mientras los grandes ojos sin pupila del alrak se cernían sobre él—. Soy Vhan y este es Certon, mi segundo al mando.

—Perdón, disculpad mi torpeza, no pretendía ofender a nadie. Voy a tener que revisarme la vista, no soy capaz de distinguir a dos fornidos hombres de dos hembras humanas —respondió Al-Xuhän antes de soltar una gran carcajada, divertido ante su propia broma—. ¿Así que buscáis piezas, de qué tipo?

—Queremos dos antenas de comunicaciones del tipo K y una estación terrestre del tipo kilosn para estas. —Pulsó un botón de su muñequera para hacer aparecer la imagen holográfica de las mercancías.

—Del tipo K… Un producto poco demandado… Creo que aún tenemos alguna, en la zona oeste del chatarrero, aunque no sé el estado en el que pueden estar.

—Si los circuitos están bien, no tenemos ningún problema en hacerles nosotros mimos algunas reparaciones —comentó Vhan.

—Perfecto, pero decidme, pequeños amigos, ¿a qué os dedicáis para necesitar unos productos como estos? —Preguntó el alrak con cierta malicia, midiendo las reacciones de los dos humanos. Aunque pudo comprobar cómo Ges se sobresaltaba ante aquella pregunta, el mercenario no se alteró, simplemente se limitó a mirarle.

—Ya sabe, un poco de esto, un poco de aquello... Creo que usted sabe perfectamente a lo que me refiero —respondió Vhan, sonriendo con picardía. Sabía perfectamente que aquel chatarrero, aunque rentable, solo era una tapadera para el resto de los negocios que los alrak tenían entre manos.

—Me cae bien este humano —comentó Al-Xuhän, dejando aflorar una gran sonrisa y permitiendo ver unos dientes afilados tras sus abultados labios. Se volvió hacia la hembra, quien se puso rígida en la silla—. Al-Hang, por favor, llama a Al-Wheat y que les acompañe hasta las piezas que necesiten.

—Muchas gracias, muy amable.

—Luego, una vez pagado el precio acordado, os las llevaremos a vuestra nave en el hangar. Aunque, si no queréis llevároslas ahora mismo, os las podemos guardar aquí o enviar al planeta o estación que nos indiquéis, por un pequeño suplemento, claro está.

—No se preocupe, no es necesario, nos las llevaremos hoy mismo —anunció Vhan, con una leve inclinación de cabeza a modo de agradecimiento.

—Si necesitáis algo más, no dudéis en hacérnoslo saber. —Se dio la vuelta y comenzó a alejarse por el pasillo, seguido por los otros dos alraks, que les echaron una rápida mirada antes de seguir a su jefe.

El aerodeslizador avanzaba a través del chatarrero mientras Vhan observaba ensimismado su entorno. El sol, desde su órbita baja debido a la propia situación geográfica donde se encontraban, proyectaba unas sombras alargadas sobre los restos que había a su alrededor. Ges, por su parte, miraba con ansiedad hacia el hangar, que se hacía más grande a cada instante. Deseaba terminar con aquella compra y abandonar el planeta cuanto antes. Había estado todo el día con el corazón en la mano, creyendo que iban a ser descubiertos en cualquier momento. Y, a pesar de los intentos por parte del mercenario de tranquilizarla, no había podido relajarse en ningún momento.

El vehículo se detuvo frente a la Estrella Oscura. Los dos cargueros que se encontraban a su alrededor en el momento del aterrizaje ya se habían marchado, dejando gran parte del lugar vacío. El transporte que llevaba las dos antenas, de casi tres ühns de envergadura, se paró tras ellos.

—¿Cargamos las cosas? —Preguntó Vhan antes de apoyarse sobre el vehículo y dar un salto para salir del aerodeslizador.

—Sí. Por favor, abra la bodega y mis compañeros le ayudarán —informó Al-Wheat mientras encendía de nuevo la tableta digital que llevaba entre las manos. El mercenario asintió y apretó un botón de la muñequera, haciendo que la compuerta de la nave se abriera con un fuerte chirrido.

—Vamos allá —dijo él, dando una fuerte palmada—. Certon, ven aquí. Ayúdame a coger lo del aerodeslizador y comprobaremos que haya espacio suficiente para meter todo lo que hemos traído.

—Entendido —respondió Ges con toda la masculinidad que pudo reunir, acercándose a él, que ya estaba cogiendo la primera caja de materiales. Ella agarró un panel y le siguió mientras veía como los alraks comenzaban a desplegar la grúa para bajar las antenas.

—Ya veo que lo has encontrado todo —anunció Tidux cuando Vhan entró en la bodega de la nave.

—Sí, todas las piezas que has puesto en la lista y unos recambios más, que había algunos puntos en las antenas que no me gustaba el aspecto que tenían —indicó él—. Por lo demás, no habrá que repararlo mucho, todo estaba en un estado bastante decente. En total, cuatro mil créditos —dijo, dejando las piezas que llevaba en el suelo—. Pero escóndete, es mejor que los operarios no te vean. Se piensan que solo somos nosotros dos; así que mejor que te vayas de aquí y nos dejes hacer el resto del trabajo.

—Entendido, iré a la cabina y os esperaré allí.

Vhan salió con Ges de nuevo mientras los operarios entraban con cuidado la primera antena en la bodega cuando oyeron el sonido de dos aerodeslizadores acercarse hacia el hangar a toda velocidad. Estos se detuvieron junto al resto de vehículos y el mercenario pudo comprobar que, en uno de ellos, iba Al-Xuhän.

—Mantente detrás de mí —susurró a la joven al ver cómo el propietario del chatarrero y otros cuatro alraks bajaban de los vehículos.

—¿Ya habéis encontrado todo lo que buscabais? —Preguntó Al-Xuhän haciéndose oír entre el resto de sonidos.

—Sí, ahora lo estamos cargando —respondió el mercenario, tendiéndole la mano al alrak en señal de agradecimiento, tratando de ocultar el extraño sentimiento de desconfianza que crecía en su interior al verle ahí—. Muchas gracias.

—No hay ningún problema, para eso estamos aquí. —Agarrando su mano con fuerza—. ¿Ya habéis hablado de precio?

—Sí, es más, ya nos han pagado, Al-Xuhän —indicó Al-Wheat, que se había acercado hacia su jefe con la tableta aún en la mano, intentando mostrarle los datos—. Cuatro mil créditos por las piezas.

—Un buen precio —respondió este—. Pero… Bueno, no sé cómo decirlo… Digamos que ha habido un problema y que el coste de las piezas ha subido.

—¿Cómo? ¿Por qué? —Preguntó Vhan ladeando ligeramente la cabeza y clavando sus ojos en rostro del alrak.

—Verás, siempre he tenido un sentido especial para los problemas y, desde que habéis cruzado mi puerta, lo he notado. Se me hacía muy raro ver a una pareja de humanos por este sector y luego, cuando os habéis ido, un contacto en el núcleo galáctico me ha informado de que la Federación está buscando a unos humanos, un hombre y una mujer, y también un robot.

—No entiendo qué estás tratando de decir.

—Pues que tú y el otro sois esos humanos a quienes persigue la Federación.

—¿Por qué íbamos a ser esa gente? Has dicho un hombre y una mujer, ¿no? Pues has podido ver que somos dos hombres y que no nos acompaña ningún robot.

—Puede que no hayamos visto a ningún robot, pero también podríais habérnoslo ocultado para que no llamara tanto la atención. Es algo que yo habría hecho —anunció Al-Xuhän mirando primero al mercenario y luego a Ges, que se encontraba tras este—. En cuanto a lo de tu compañero, he tratado con algunos comerciantes de esclavos y, aunque no comparto sus ideas, sé perfectamente cómo es el aspecto de un hombre y una mujer humanos. Tu compañero es en realidad una mujer, a pesar de los intentos de ocultármelo. Además, lo más lógico es suponer que alguien que huye de la Federación venga a estas regiones donde no existe tanto control debido a nuestras diferencias con ellos.

Tras aquellas palabras, los cuatro alraks que le seguían, y que se habían puesto a su alrededor, desenfundaron las armas que llevaban, apuntándoles. Con extrema rapidez, y viendo la reacción de aquellos seres, Vhan hizo lo mismo, sacando el arma de su funda y colocando el cañón de su pistola a pocos centühns de la frente de Al-Xuhän.

Ges, sorprendida ante la reacción de todos los presentes, trató de sacar la suya, pero quedó enganchada en la cinta de seguridad. Dos de los guardaespaldas la miraron, divertidos al ver aquello. Finalmente consiguió sacarla y apuntar a uno de los guardias a pesar de que sus manos le temblaban como nunca.

—Vaya… Parece que estamos en tablas —anunció el jefe de los chatarreros, mirando el cañón del arma.

—Dime, ¿qué demonios quieres? Ya hemos pagado las piezas y nos íbamos a ir —dijo Vhan, mirando de reojo al resto de alraks que le apuntaban.

—Sí, las habéis pagado, pero nos habéis puesto en peligro con vuestra visita. Si vienen los cruceros de la Federación…

—No lo harán, no saben dónde estamos —espetó el mercenario—. No estáis en ningún problema, perdieron nuestro rastro hará ocho días, no tenéis nada de lo que preocuparos.

—Así que no me he equivocado en absoluto.

—No, has acertado, somos esos a los que busca la Federación. Pero me da igual lo que digas, no pienso pagarte más por las piezas. Habíamos acordado un precio justo y no pienso aceptar ninguna modificación. Así que vamos a coger lo que acabamos de comprar y nos iremos por donde hemos venido. Seguiremos nuestro camino y vosotros el vuestro.

—¿Y si me niego? ¿Y si no os dejo que os vayáis? —Preguntó Al-Xuhän con voz tranquila, inalterado a pesar de la situación en la que se encontraba.

—Eres tú el que tiene un arma en la cara. Te puedo hacer un tercer ojo, así de simple. Sé muy bien que los alraks os regeneráis, pero dudo mucho que un disparo a bocajarro en la cabeza no sea mortal.

—Sabes que si lo haces no saldrás con vida de aquí. Ni tú, ni la mujer. —Los pistoleros se pusieron más rígidos, adelantándose un simple paso, amenazando al mercenario.

De pronto se oyó un fuerte zumbido que todos los presentes reconocieron al instante. El que hacía un arma de fusión al encenderse. Tras este, unos pasos metálicos resonaron sobre la rampa de la bodega de carga y apareció Tidux, empuñando un gran y pesado fusil con el que apuntó a otro de los alraks armados.

—¡Y ahí está el robot! —Exclamó Al-Xuhän con una sonrisa. Al mercenario le pareció que estaba disfrutando con todo aquello.

—Creo que todos los presentes sabéis qué es un fusil de fusión. Así que, si no queréis que os convierta en puré verde, ni se os ocurra moveros —amenazó Tidux.

—Bajad las armas —ordenó Vhan a los guardaespaldas, pero estos hicieron caso omiso de sus palabras.

—Creo que no están dispuestos a escucharte —concluyó su jefe—. Parece ser que no te será tan fácil salir de aquí. Además, ese contacto me ha dicho que han puesto precio a vuestras cabezas. Y, aunque a la mujer la quieren viva, vosotros dos sois otra historia.

—Si nosotros no nos vamos, nadie lo hará. —Sonrió el mercenario—. Tidux, activa la autodestrucción de la nave.

—Pero… —Trató de argumentar el androide al tiempo que los rostros de todos los presentes, incluido el de Ges, se tornaban sombríos al escuchar aquellas palabras.

—¡Ahora!

—Autodestrucción activada, tres minutos y contando —indicó este. El ordenador de muñeca de Vhan se volvió de un rojo intenso mientras aparecía una cuenta atrás.

—Muy bien, ahora escuchadme atentamente, quiero que las cosas queden bien claras. Si no detengo la autodestrucción, en tres minutos la nave explotará y ya os podéis despedir de este chatarrero, sin contar que de nosotros no quedará un maldito átomo. —Hizo una ligera pausa para que todos entendieran con claridad lo que iba a pasar—. Así que mi oferta es la siguiente. Bajáis las armas, metemos las piezas que ya he pagado en la nave y nos vamos de aquí sin más problemas. No tiene por qué morir nadie. Aunque, si queréis discutir más, no tengo ninguna prisa.

—Es un farol —dijo Al-Xuhän, a pesar de que intentaba seguir calmado, un frío sudor recorría su espalda.

—Tú ponme a prueba y verás el farol —respondió desafiante Vhan, disfrutando de aquel momento. El mercenario pudo ver cómo Ges, que seguía apuntando a uno de los alraks con cierta inseguridad, le miraba por un instante con nerviosismo, intentando decirle algo que no consiguió emerger de su garganta—. ¿Qué te parece, te gusta el trato?

El silencio se apoderó de todo el hangar mientras los dos, humano y alrak, se miraban, midiéndose, esperando a que alguno flaqueara antes que el otro, dejando que la cuenta atrás de la muñequera siguiera bajando. Finalmente, Al-Xuhän habló:

—Me caes bien, humano —Sonrió antes de decir algo en un idioma desconocido para Vhan y que hizo que los alraks bajaran sus armas—. Hay trato, puedes marcharte con las piezas.

—Me alegro de que hayas entrado en razón —dijo él, bajando la pistola y volviéndose hacia Tidux—. Apaga la autodestrucción.

—Entendido. —El robot se quedó un segundo en silencio, mirando hacia el infinito—. Autodestrucción desactivada.

La muñequera se apagó, corroborando las palabras del robot.

—Necesito esa sangre para mis negocios, puede que tenga algún trabajo para ti —dijo Al-Xuhän, sacando un pequeño comunicador de uno de los bolsillos de su vestimenta—. Cógelo, cuando necesite de tu diplomacia, te llamaré. —El mercenario lo miró un segundo con desconfianza—. ¿Crees que voy a venderte a la Federación? Por favor, por quién me tomas. Tranquilo, es totalmente seguro, son los que utilizo con todos mis contactos. Nadie puede registrar las comunicaciones, ni siquiera los Guardianes del orden son capaces de descifrar las encriptaciones.

—Entendido —dijo el humano mientras agarraba el aparato—. Será un placer hacer más negocios contigo.

—Vamos, quiero que les ayudéis a cargar la otra antena y podrán irse —ordenó este con una gran sonrisa. Aquellos momentos eran los que le hacían sentirse vivo de verdad.

La nave atravesó la débil atmosfera de Barnuk con una ligera sacudida, dejando que el frío espacio les rodeara por completo. Vhan comprobó el radar y soltó los mandos mientras suspiraba con fuerza.

—Por favor, decidme que nuestras próximas paradas no van a ser igual que esta.

—¿Habrías hecho explotar la nave? —Preguntó Ges, tratando de acercarse más a los asientos de los pilotos a pesar de que seguía sujeta por el cinturón.

—No esperaba llegar a hacerlo. Sabía que iban a ceder —respondió él, dejando que el rostro de la mujer se tensara ligeramente al darse cuenta de que, así como había hablado, podía haber sido capaz de destruir la nave—. Al final el disfraz no ha servido para engañar a los alraks. Esperemos que en nuestra siguiente parada sí funcione.

—¿Qué habría pasado si no se lo hubieran creído? —Volvió a decir ella, algo nerviosa.

—Da igual, hemos salido vivos, ¿no? —anunció Vhan al tiempo que se giraba hacia el robot.

—Sí, menos mal que he salido con el arma —comentó Tidux.

—Teníamos la situación bajo control. Ges me cubría las espaldas.

—Creo que nunca ha disparado un arma.

—¿De verdad? —Preguntó este, volviéndose hacia la mujer, quien negó con la cabeza—. Bueno, será mejor no pensar más en ello —indicó Vhan—. Pongamos rumbo a la estación Lardalan y saltemos. Después de comer nos pondremos con las antenas. Tanta tensión me ha abierto el apetito.

—A la orden, fijando coordenadas… —dijo el robot, tecleando y apretando un par de botones—. Puede que haya sido tenso, que casi hayamos hecho volar la nave en mil pedazos y nosotros con ella, pero creo que ha sido un día bastante productivo. —Los dos humanos le miraron, incrédulos al escuchar las palabras del robot—. Hemos conseguido llamar la atención de ese alrak. Si conseguimos terminar este viaje tendremos un nuevo cliente que podrá ofrecernos algunos encargos.

—Tidux —dijo el mercenario.

—¿Sí?

—¡Cállate!

5. Un imán para los problemas

La gran estación Lardalan, la mayor obra de ingeniería y demostración del poder del Imperio Arwosky, se extendía ante ellos. No había en toda la galaxia ninguna otra construcción que pudiera rivalizar con ella. Su tamaño era comparable con el de un pequeño cuerpo planetario. A su alrededor, miles de naves, sondas y robots de mantenimiento se movían en una especie de caos organizado, muy parecido a la visión de una gran colmena de abejas; entrando y saliendo de los diferentes hangares que había a lo largo de toda ella y siguiendo las órdenes de algún ser invisible.

—¡Es inmensa! —Exclamó Ges, mirando maravillada aquella visión.

—Lo es. La mayor estación de todos los tiempos, capaz de albergar a veintitrés millones de seres en su interior —informó Tidux.

—Un buen sitio para pasar desapercibido y donde comprar todo lo que necesitamos —concluyó Vhan, observando la inmensa cantidad de luces, colores y de vida que decoraba aquel trozo de universo.

De pronto se encendió una luz en una de las pantallas laterales. Los dos mercenarios se miraron por un segundo antes de que el robot la apretara, dejando que una voz seca y metálica resonara en la cabina.

—Nave desconocida, aquí la estación Lardalan, identifíquese.

—¿Cómo vamos a pasar inadvertidos si lo primero que piden es que nos identifiquemos? —Preguntó Ges, removiéndose intranquila en el asiento.

—Tranquila, no pasará nada, sabemos cómo movernos por aquí —anunció Vhan, volviéndose hacia ella con una gran sonrisa—. Lo hacen siempre, hay que demostrar a los habitantes de la estación que están protegidos de cualquier peligro.

—Repito, nave desconocida, aquí la estación Lardalan, identifíquese —habló de nuevo el altavoz.

—Envía el código de acceso —ordenó el mercenario mientras pulsaba el comunicador para responder a la llamada—. Aquí la nave Estrella Oscura. Número de registro: equis, zeta, ocho, cuatro, tres. Enviando código de acceso. Identificador Abraxang.

Pasó un largo minuto sin que nadie dijera nada. El comunicador había enmudecido y solo el sonido del motor y el ligero temblor que producía llegaba hasta ellos, rompiendo la concentración de los tripulantes, que observaban cómo las naves se movían con lentitud a su alrededor.

—Estrella Oscura, aquí el puesto de control Abraxang, acceso concedido —anunció la voz metálica, haciendo que los dos humanos suspiraran aliviados—. Hangar número veintitrés, enviando coordenadas, dispone de tres horas.

—Suficientes, Lardalan, muchas gracias —dijo Vhan, moviendo las palancas para que la nave volviera a la vida.

—¿Qué ha pasado, cómo nos han dejado pasar? —Preguntó Ges, desconcertada.

—Eso es lo que tiene moverse en los círculos en los que nos movemos nosotros —comentó el mercenario con una pizca de orgullo en su voz.

—Hará un año que hicimos un trabajo para unos clientes de la estación. Para entrar con las mercancías que, como comprenderás, no eran legales, nos entregaron unos códigos y contraseñas para saltarnos este primer registro —explicó el robot.

—Y ahora nos envían hacia uno de los pequeños hangares donde nosotros y nuestras mercancías pasaremos más desapercibidos.

—Entonces, ¿por qué dijisteis que iba a ser un lugar peligroso? Si ya sabíais que íbamos a entrar así de fácil —dijo ella, viendo cómo la estación crecía por momentos.

—Porque entrar no era lo difícil. El salir de aquí de una pieza es lo que me preocupa. Disponemos de tres horas para repostar la nave y comprar las provisiones que necesitamos. Y, aunque parezca que es poco tiempo, puedo decirte que, en un lugar como este, las cosas pueden complicarse en cuestión de segundos. No sería la primera vez. Créeme, te lo digo por experiencia. —Le informó él con solemnidad, intentando que aquellas palabras calaran hondo en la mente de la mujer—. Así que no podemos relajarnos, hay que estar alerta en todo momento.

La Estrella Oscura entró en el hangar que le habían indicado, sobrevolando parte del medio centenar de naves que había distribuidas a lo largo de todo el lugar. Con lentitud, esta maniobró sobre uno de los puntos de aterrizaje vacíos y tomó tierra. Algunos de los seres allí reunidos alzaron la cabeza para observar cómo se posaba, buscando en ella algún posible peligro.

Los tripulantes pudieron ver, mientras el motor se apagaba, la incansable carga y descarga de material que no parecía haber pasado por ninguna de las aduanas de la estación.

—A pesar de lo que pueda parecer, posiblemente estemos más seguros entre ellos que en uno de los hangares oficiales de la estación —informó el mercenario, comprobando cómo el terror se adueñaba de Ges al encontrarse rodeada de contrabandistas y criminales armados—. Aquí a nadie le interesa lo que hace su vecino mientras no le afecte o le ponga en peligro. Aún así hay que estar alerta. Al fin y al cabo, hay una recompensa por nuestras cabezas.

—Sí… —dijo ella con preocupación, sin estar convencida de las palabras de su compañero.

—Tidux y tú iréis a buscar provisiones para el viaje que aún nos queda. Él ya sabe a dónde ir —anunció antes de volverse hacia el robot, que asintió con lentitud.

—¿Y tú que harás? —Preguntó la mujer.

—Repostaré la nave. Es mejor que no nos vuelvan a ver juntos. Dos humanos armados moviéndose por esta estación llamarían demasiado la atención. Que te acompañe Tidux, él pude protegerte si se diera el caso y es bastante normal que la gente que va a comprar esté acompañada por un robot de carga.

—Iré a cortar lo que nos queda del lingote para pagar las provisiones —informó el androide, alzándose de su asiento.

—No importa que les pagues, déjalo a cuenta. Esa tienda trabaja con muchos mercenarios y contrabandistas, si les enseñas el código de la nave no van a hacer muchas preguntas y lo podremos pagar más adelante —Tidux se quedó quieto al escuchar aquellas palabras. A pesar de que su rostro era completamente de metal, parecía desconcertado. Antes de que pudiera responder, Vhan, con una débil sonrisa en el rostro, continuó—. Así, si nos cogen los de la Federación antes de llegar al sistema, no tendremos que pagar.

—Eso no es muy correcto, que digamos.

—Ya, bueno, ¿somos mercenarios, no?

Tidux avanzaba a la cabeza, abriéndose paso entre los diferentes seres que discurrían por los largos pasillos de la estación, como si de hormigas se trataran. Ges, que observaba nerviosa todos los rostros con los que se encontraba, lo seguía de cerca.

—No te alejes —repitió el robot, tratando de hacerse oír sobre el fuerte zumbido que inundaban el lugar—. No quiero tener que ponerme a buscarte entre tanta gente.

—No sería difícil —respondió ella, poniéndose de lado para pasar entre dos criaturas que la miraron por un segundo, curiosos—. Creo que soy la única humana de este lugar.

—Sí. Posiblemente haya muy pocos en la estación en este momento. A los arwosky no les gustáis.

—Ya lo veo.

Ges pudo ver a lo lejos, cerca de un local cuyo nombre evocaba el placer que se escondía tras sus puertas, a un grupo de criaturas que la miraban con una mezcla de furia y odio. Se trataban de unos enormes felinos, más altos y corpulentos de lo que podría ser un humano y con un color de pelaje diferente en cada uno de aquellos individuos. El tamaño del pelo también era distinto pues, mientras uno lo tenía casi tan corto como el suyo propio, el de otro era tupido y parecía ser extremadamente suave. Si no hubiera sido por las miradas que le echaban se habría acercado para acariciarlo y comprobar si estaba en lo cierto.

—Pero no entiendo el porqué, ¿qué les hemos hecho para que nos odien?

—A ellos nada —respondió rápidamente Tidux mientras torcía por uno de los corredores que se abrían a los lados de aquel pasadizo principal.

—¿Entonces?

—No os soportan porque creen que tenéis esclavizados a sus semejantes.

—¿Cómo? —Preguntó ella, sorprendida y desconcertada mientras trataba de entender lo que acababa de decir su compañero de metal—. Espera, ¿te refieres a los gatos? ¿Creen que los gatos son esclavos?

—Efectivamente.

—Pero si son nuestras mascotas. Han estado con nosotros desde hace miles de años y muchos los consideran, al igual que a los perros, compañeros indispensables para el viaje espacial.

—El problema es que la mayoría de los arwosky no lo cree así. Piensan que los habéis esclavizado —explicó el robot—. Cuando el Gobierno Galáctico encontró vuestra raza, antes de ser desperdigados por la nebulosa, los arwosky estuvieron a punto de transformarse en otra de las civilizaciones decididas a enfrentarse a vosotros. El deseo de liberar a sus semejantes era muy fuerte. Solo las amenazas del resto de miembros del gobierno de liberar a las tres razas que ellos mismos tenían bajo sus zarpas consiguieron refrenarles. Así que, vencidos ante las presiones políticas del resto, no hicieron nada al respecto. Aunque aún os odien por ello.

A pesar de que aquellas palabras eran sumamente importantes, Ges no pudo sino sonreír ante el comentario del robot, comprobando la anatomía de las zarpas a las que había hecho referencia. Eran una mezcla entre unas manos humanas y felinas en las que se podía adivinar que se escondían unas uñas retráctiles de unos quince centühns de largo.

—Deja de mirarlos o nos meteremos en problemas —advirtió Tidux, lanzando su brazo hacia ella para cogerla y arrastrarla por el pasillo—. Vamos, ya estamos cerca, solo hay que llegar al final de este nuevo corredor.

—¿Cómo has llegado a saber esto? —Preguntó la mujer.

—El cliente con el que trabajamos la última vez era un arwosky y, aunque reticente a contratarnos al principio, conseguimos convencerlo de que éramos los profesionales que necesitaba. Entre él y los archivos de la estación conseguí entender qué era lo que ocasionaba ese odio.

Vhan apretó el gran botón que había junto a la compuerta de la bodega para abrirla a los dos operarios que esperaban fuera, custodiando un enorme vagón de metal repleto de etiquetas con señales de peligro y de contaminación. El mercenario reconoció a aquellos seres al instante. Se trataban de dos folers; una especie de ave evolucionada que había perdido la facultad de volar hacía eones y que no medía más de ühn y medio. Una raza esclavizada por los arwosky desde hacía más de cuatro milenios, cuando la legislación sobre la esclavitud aún no había sido formulada por el Gobierno Galáctico. Estos estaban destinados a realizar algunos de los peores trabajos de la estación espacial, así como del resto del Imperio Arwosky.

Los operarios saludaron sin ninguna efusividad, dejando que las plumas oscuras del cuello se alzaran ligeramente sobre los uniformes amarillos que vestían, ya desgastados por el uso y manchados por las tareas diarias.

—¿El señor Vhan Stalix? —Preguntó uno de ellos con acento agudo. A pesar de que el pico que poseían podía parecer un obstáculo para la comunicación, hablaban sin dificultad alguna el galáctico formal.

—Sí, soy yo.

—Le traemos lo solicitado, cien unidades de alinum —indicó, golpeando la caja de metal—. ¿Podemos subir?

—Por favor —respondió, invitándoles a entrar con la mano.

—Muchas gracias —dijo el foler, bajando ligeramente la cabeza a modo de agradecimiento—. Si nos dice donde tiene el alimentador, lo descargaremos y terminaremos la entrega.

Los operarios agarraron el vagón y lo empujaron con fuerza para subir la rampa que conducía hacia el interior de la nave. Cuando llegaron junto a Vhan, este les dijo:

—No creo que puedan acceder al alimentador con esto, el acceso es bastante estrecho. Yo puedo pasar a duras penas.

—No se preocupe, no es ni la primera ni la última vez que debemos cargarlo todo a mano. Los ingenieros nunca piensan en la facilidad a la hora de repostar, les preocupa más el espacio interior que la manera de llenar el depósito —anunció el ave, negando con la cabeza y produciendo un chasquido con su lengua.

—Voy a por los trajes de protección —comentó el otro, volviéndose por donde había venido y examinando las dos grandes antenas que ocupaban casi todo el espacio de la bodega—. Bonitas antenas, con esto seguro que se ven todos los canales de la galaxia.

Su compañero pió con fuerza y los dos comenzaron un rápido y extraño diálogo que solo duró un instante, pero que dejó a Vhan confuso, incapaz de entender qué estaba pasando. Finalmente, el foler que estaba a su lado, y que parecía ser el que llevaba la voz cantante, se volvió de nuevo hacia el humano.

—Perdone su impertinencia, hace poco que ha empezado a trabajar con nosotros y no sabe cuando mantener el pico cerrado.

—No se preocupe, no es nada. —El mercenario negó con la cabeza para que no se preocupara por aquello al tiempo que una sonrisa de divertimento afloraba en su rostro.

—Si no le importa, mientras esperamos a que mi compañero traiga los trajes aislantes, podría ir enseñándome donde se encuentra el alimentador.

—Claro, sígame —indicó Vhan al tiempo que el operario agarraba el vagón y lo empujaba detrás de él.

La compuerta se abrió, permitiendo que los dos, que cargaban con tres grandes cajas de suministros, pudieran abandonar la tienda mientras una voz se elevaba sobre ellos.

—Muchas gracias, vuelvan cuando quieran.

—Adiós. —Se despidió Ges con una sonrisa, internándose de nuevo en los pasillos de la estación. Tras avanzar un par de ühns, la mujer se volvió hacia el robot—. ¿Necesitamos algo más?

—No, tenemos suficientes provisiones como para viajar otros quince días, o incluso más.

—Entonces, si es así como dices, ¿necesitábamos realmente tanta comida? —Preguntó ella, observando el contenido de su caja—. ¿No habíais dicho que aún nos quedaba otra parada antes de saltar hacia el sistema?

—Sí, pero es una cuestión práctica. Aquí sabía dónde comprar los alimentos, al contrario que en la estación a la que iremos después, pues nunca hemos ido a la constelación de Xryred. Así que es mejor asegurarse y comprarlo todo ahora, que luego tener que buscar un sitio donde ofrezcan los mismos productos —informó Tidux, girando para retomar el gran pasillo que habían recorrido anteriormente.

—Si lo ves así, tiene toda su lógica.

—Claro que tiene lógica, ¿por quién me tomas? —Inquirió el robot con cierto malhumor en sus palabras—. Me muevo por lógica, soy un robot.

En ese instante, tras haber dicho aquello, Tidux se quedó totalmente quieto, observando el resto del corredor.

—¿Qué pasa? —Preguntó Ges al tiempo que se detenía un paso por delante de él y sonreía—. Nos hemos dejado algo, ¿verdad?

—No, nada de eso. Son ellos... —respondió con lentitud, intentando no llamar la atención con su voz metálica.

—¿Quiénes? —La mujer se volvió hacia la multitud, entornando los ojos en busca de lo que estaba viendo el robot.

—Los de la Federación, allí, junto a la entrada de la tienda de electrónica.

Ges pudo distinguir entre un grupo de arwoskys a dos seres que parecían tener más aspecto de robot que de un ser de carne y hueso. A pesar del uniforme que vestían, se podían distinguir partes metálicas que se ocultaban bajo sus prendas, dejando formas extrañas totalmente artificiales. Su cabeza estaba oculta bajo un enorme casco del que salían diversos cables y tuberías que se conectaban a lo largo del cuello y de la parte superior del torso. Aunque ella no podía ver un rostro tras aquellas viseras totalmente opacas, podía adivinar que su cara también había sido modificada con tecnología.

—¿Qué son? —Preguntó sin poder quitarles los ojos de encima.

—Su raza se conoce con el nombre de gujuros. Estos dos en concreto visten el uniforme de la Federación de Comercio y Transporte. Las insignias que portan en las mangas los reconocen como oficiales, aunque no puedo decirte más, desconozco toda información relacionada con su sistema de rangos. A decir verdad, se sabe muy poco sobre ellos, pero aún así son la raza más poderosa de la galaxia. Es irónico, ¿verdad?

—¿Y necesitan toda esa tecnología para sobrevivir?

—Ni siquiera eso está claro. Los gujuros tienen planetas laboratorio donde son creados e instruidos. Se dice que antes de que nazcan, aún siendo embriones, se les empiezan a realizar operaciones para comenzar a remodelar su cuerpo. Aunque nadie ha podido demostrarlo nunca. Son muy recelosos con sus propios secretos.

—¡Qué horror! —Exclamó Ges antes de notar cómo aquellos dos seres posaban su mirada sobre ellos. Por un segundo creyó que la habían oído, haciendo que su corazón se desbocara y sus manos empezaran a temblar, dejando que la caja se le deslizara entre los dedos y cayera al suelo con un fuerte golpe. Algunos de los transeúntes examinaron a la mujer mientras esta rehuía la mirada de los dos gujuros y recogía de nuevo las provisiones, volviéndose a continuación hacia el robot—. Deberíamos irnos. Cuanto antes salgamos de aquí, mejor.

No habían avanzado más de una decena de ühns cuando Tidux, preocupado por la visión de aquellos dos soldados, volvió su rostro para comprobar que los miembros de la Federación seguían donde estaban. Pero no era así. Parecían seguirles a cierta distancia, lanzando alguna que otra mirada hacia su posición, estudiándoles.

—Aligeremos el paso —anunció el androide, aumentando el tamaño de sus zancadas y haciendo que, debido a la diferencia de tamaño con respecto a Ges, ella tuviera que trotar para mantenerse junto a este.

—¿Qué pasa? —Preguntó con dificultad antes de que una idea brotara en su mente y se girara para descubrir si estaba en lo cierto. A través del visor que llevaba en el ojo derecho pudo ver a los dos seres hablar entre sí al tiempo que uno parecía transmitir algo a través del comunicador que llevaba en la muñeca—. ¡Nos están siguiendo!

—Eso creo.

—¿Nos habrán reconocido?

—No lo sé, pero no quiero quedarme a averiguarlo.

—¿Y qué hacemos? —Su voz dejaba aflorar el miedo que empezaba a crecer en su interior.

—Nos separaremos —anunció tras comprobar que los dos gujuros ahora recortaban distancia, apartando a los viandantes—. Cuando lleguemos al final del corredor nos iremos cada uno por un lado, tú coge el camino de la izquierda y yo el de la derecha. Te esconderás en el primer sitio que encuentres y esperarás un par de minutos hasta que veas que todo se ha calmado. Luego irás hacia el hangar y le dirás a Vhan lo que ha pasado.

—¿Qué harás tú?

—Trataré de llamar su atención y hacer que me sigan —explicó él, haciendo que el rostro de la mujer se contorsionara ante la idea que había tenido el robot—. Tranquila, no me pasará nada. ¿Has entendido lo que tienes que hacer?

—Sí, esconderme hasta que haya pasado el peligro y volver directa a la nave —repitió ella con condescendencia.

—¡Pues corre! —Gritó este, haciendo que ella se sobresaltara por un instante antes de obedecerle.

Los miembros de la Federación observaron cómo aquella mujer se alejaba a toda prisa hacia uno de los corredores que se dirigía hacia el interior de la estación. Estos trataron de correr tras ella, pero el robot, que se había quedado quieto en medio del pasillo, se volvió hacia ellos. Con lentitud dejó las cajas que portaba en el suelo antes de erguirse de nuevo y golpear la palma de su mano con el puño, dispuesto a hacerles frente.

Ges corría con todas sus fuerzas. Sentía el martilleo del corazón en sus oídos al tiempo que su pecho subía y bajaba con rapidez, tratando de aspirar aquel aire ligeramente viciado y con olor a cerrado que componía la atmósfera de la estación. Sus brazos, tensados y cargados con la caja de provisiones, le dolían y parecían estar a punto de caérsele. A pesar de las maldiciones en una decena de idiomas que le gritaban mientras se abría paso entre las gentes del lugar, no se volvió. Solo pensaba en seguir adelante. Cuando sus piernas ya no podían aguantar más la carrera, divisó un pequeño corredor destinado al tratamiento de los desperdicios y se adentró en él, ocultándose entre las sombras.

Se quedó apoyada contra la pared de frío metal mientras trataba de recuperar el aliento, escuchando con nerviosismo las voces y los pasos de los habitantes de la estación; con miedo a que los miembros de la Federación se adentraran en el callejón y fueran a por ella. Pero, a medida que pasaban los minutos, ese temor fue remitiendo.

No supo cuánto tiempo estuvo ahí oculta hasta que, finalmente, se decidió en volver a salir de aquel escondite y regresar al hangar con la esperanza de encontrar de nuevo a sus compañeros.

Vhan colocó su pulgar sobre la pantalla digital que el operario le tendía y que marcaba tres mil quinientos créditos. Con un ligero pitido se confirmó el pago y la entrega del alinum.

—Perfecto, ya está todo —indicó el foler—. Podrá volver a surcar el espacio sin problemas.

—Muchas gracias. —Agradeció el mercenario mientras contemplaba a los dos seres descender de nuevo la rampa de la bodega con el vagón de metal, ahora vacío.

Fue mientras miraba cómo aquellas dos criaturas se marchaban hablando entre ellas que vio a Tidux, corriendo hacia la nave. Por un segundo sonrió al verle, pensando en que podrían despegar de inmediato, pero al instante se dio cuenta de que Ges no estaba a su lado. La terrible sensación de que algo no iba bien se apoderó de él.

—¿¡Qué ha pasado, dónde está Ges!?

—¿No está contigo? —Preguntó el robot, llegando junto a Vhan, quien negó con la cabeza—. Aún debe estar escondida. Cuando volvíamos hacia el hangar nos hemos encontrado con dos soldados de la Federación. Han empezado a seguirnos y yo le he dicho que corriera y se escondiera durante un rato para despistarlos antes de volver hacia la nave. Mientras, yo me he enfrentado a ellos y he tratado de llamar toda la atención posible para que no la persiguieran.

—Hay que ir a por ella —indicó el humano.

—Debería tardar solo unos minutos más en llegar al hangar. Después de dejar inconscientes a esos dos, han aparecido un par más y me he alejado del pasillo por el que se había ido Ges. No creo que le haya pasado nada.

Vhan se quedó callado, observando la zona más alejada del hangar con la esperanza de ver la cara de su compañera entre las gentes de aquel lugar, pero no la vio aparecer. Se volvió hacia el robot, que seguía a su lado, cargado con las cajas de provisiones y analizando el enorme espacio, al igual que había hecho él.

—Le daremos cinco minutos más. Si no ha aparecido en ese tiempo, iremos a por ella. —Tidux asintió, bajando la mirada hacia el humano. Aunque era imposible, le pareció ver cierta culpabilidad en los ojos del androide—. Deja las provisiones en su sitio y coge las armas.

Ges avanzaba con suma cautela por los pasillos, mirando a todos lados en busca de alguna señal de peligro, pues toda la estación parecía haberse puesto en alerta. Había grupos de arwosky y de gujuros uniformados por todo el lugar, provocando que el miedo se apoderara de los habitantes de la estación, como si supieran que algo malo podía pasar.

Absorta con las gentes de Lardalan, no se dio cuenta de que iba a cruzarse con un grupo de cinco gujuros, vestidos con los distintivos de la Federación, que se movían en dirección contraria a la suya. Al verlos, su rostro se contorsionó en una mueca de sorpresa y pavor a partes iguales que le hacía querer darse la vuelta y salir corriendo, pero ya no tenía escapatoria. No podía tratar de evadirlos sin levantar sospechas. Tragó saliva y bajó la mirada, intentando pasar inadvertida junto a ellos.

Las manos le sudaban intentando sujetar la caja de provisiones mientras su corazón se desbocaba, acelerándose cada vez más a medida que se acercaba a aquellos seres y transformando su respiración en algo agónico. Cuando iba a pasar junto a ellos, cerró los ojos, pues estaba a punto de llorar por la tensión que sentía. Al volver a abrirlos se encontró que les había dejado atrás y que tenía el pasillo despejado para seguir hacia el hangar.

Respiró aliviada, dejando que una ligera sonrisa de victoria aflorara en su rostro. Pero cuando fue a echar un último vistazo a aquellos seres para verles alejarse, sintió una mano, fuerte y pesada, colocándose sobre su hombro.

—Por favor, vuélvase —dijo una voz tras ella, era seca y metálica. Ges tragó saliva y, aunque estaba totalmente aterrada, obedeció. Su cara de preocupación se reflejó en la gran escafandra negra y brillante que llevaba aquel ser—. Identifíquese, por favor.

—Ge... Certon, me llamo Certon —rectificó rápidamente, sintiendo un escalofrío recorrer su espalda al verse rodeada por aquellos seres.

—¿Qué está haciendo aquí? —Preguntó el gujuro. Ges reprimió una arcada al ver las tuberías conectadas al torso y a la carne bulbosa alrededor de la visera que se agitaban con cada nueva palabra. En su interior, un espeso líquido de color oscuro se movía de un lado para otro.

—He ido a comprar unas provisiones —respondió ella, cerrando los ojos por un momento para eliminar aquella visión de su mente y tratando de masculinizar su voz. Agitó el contenido de la caja para intentar darle más peso a su argumento con la esperanza de que aquello bastara para poder seguir adelante.

—A quién intenta engañar, sabemos que es una mujer —dijo el soldado colocado a su derecha, colocando dos dedos sobre la escafandra. El rostro de Ges se contorsionó, horrorizado.

—Díganos, ¿ha venido usted en una nave con otro humano y un robot?

Las palabras se le atragantaron mientras el resto de los transeúntes se volvían para ver la escena. Su mente trabajaba a pleno rendimiento, tratando de argumentar algo coherente que pudiera sacarla de aquel problema, pero antes de que pudiera pronunciar una respuesta, la voz del gujuro volvió a retumbar en el pasillo.

—Acompáñenos, tenemos que hacerle unas preguntas.

Ella reaccionó al instante. Lanzó la caja que llevaba contra aquella criatura de carne y metal, que la cogió con sobresalto, se dio la vuelta y corrió por el pasillo, abriéndose paso entre los demás.

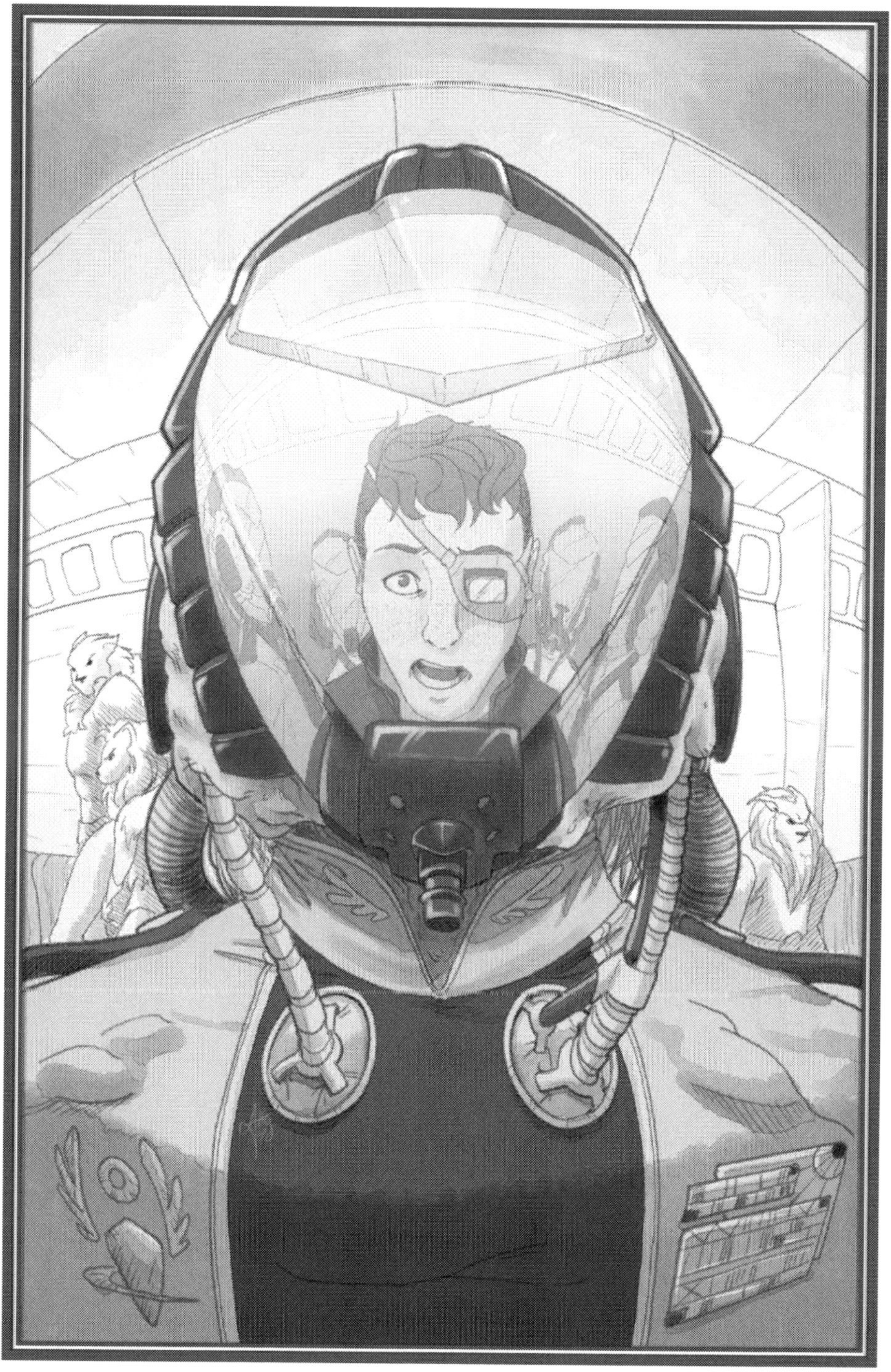

Los dos mercenarios miraban con preocupación las naves y la tripulación que se movía de un lado para otro mientras buscaban entre todos aquellos rostros el de su compañera. No habían pasado más de tres minutos desde que Tidux había llegado a la nave y le había informado de la presencia de la Federación a Vhan, pero este ya no podía resistir más la espera. Había estado dando vueltas alrededor de la bodega, haciendo que sus botas resonaran sobre el suelo de metal mientras comprobaba una y otra vez que llevaba el arma en la pernera, dispuesta a ser desenfundada en cualquier momento.

—¿No puedes conectarte al ojo robótico? —Preguntó el humano.

—No, ya te lo he dicho, esta estación inhibe ese tipo de señal. Los guardianes de Lardalan lo han hecho para la protección de sus habitantes. Desde que hubo esos atentados, se han preocupado por mejorar la seguridad en todas las estaciones.

—¡A la mierda! —Espetó el mercenario, interrumpiendo a su amigo—. Vamos a buscarla.

Cuando descendían la rampa de la nave la vieron. Corría con todas sus fuerzas mientras un grupo de soldados de la Federación y de arwosky, pertenecientes a los cuerpos de protección de la estación, la perseguía a escasos ühns. El robot alzó la mano para señalarla.

—Ahí está, y viene acompañada.

—¡Mierda! Esta mujer es un maldito imán para los problemas —dijo Vhan antes de adentrarse de nuevo en la bodega de carga—. ¡Cúbrela, voy a preparar la nave, hay que largarse!

Tidux no necesitó más que aquellas palabras para alzar el arma y apuntar contra el gujuro que se encontraba más cerca de Ges.

Apretó el gatillo, liberando el proyectil de radiación, que salió a gran velocidad, impactando contra aquel ser y lanzándolo hacia atrás debido a la energía del disparo.

Los demás se detuvieron por un segundo, buscando el origen de aquel ataque mientras sacaban sus propias armas y las descargaban contra un grupo de contrabandistas que, nerviosos al escuchar el atronador sonido de un fusil de fusión, habían desenfundado sus pistolas para protegerse.

En poco más de un minuto, el caos había invadido el hangar. Las tripulaciones de todas las naves se disparaban unas contra otras, creando un gran campo de batalla donde los pocos que no se habían involucrado eran los primeros en caer abatidos.

Por otro lado, los antaño perseguidores eran ahora las presas. Los miembros de la Federación y sus compañeros felinos se habían cubierto rápidamente, disparando contra cualquiera que se pusiera a tiro y solicitando refuerzos para hacer frente a aquel combate.

Mientras tanto, Ges, quien no había dudado un instante en continuar corriendo a pesar de que los proyectiles de plasma iban de un lado para otro, se afanaba en llegar a la nave. La joven corrió hacia el interior de la Estrella Oscura, donde Tidux la esperaba, sujetando su fusil y descargándolo contra cualquiera que se acercara demasiado a ellos. Cuando llegó al interior de la bodega, con el rostro rojo por el esfuerzo y por el que se deslizaban pequeñas perlas de sudor, el robot le preguntó:

—¿Te encuentras bien?

—S… Sí —respondió con voz entrecortada antes de que Tidux disparara de nuevo contra un grupo de contrabandistas que se resguardaban tras unos contenedores—. Me han descubierto y he tenido que correr para que no me atraparan.

—Bien hecho. Ahora ve a la cabina, a Vhan le irán bien dos manos más para poner la nave en marcha.

Ges asintió antes de volverse y dirigirse hacia la cabina, dejando que el sonido de los disparos se atenuara ligeramente. Al entrar vio cómo el mercenario, aún de pie, apretaba una larga secuencia de botones, haciendo que los paneles de control se iluminaran uno a uno.

—¿Qué hago? —Preguntó ella, acercándose a él.

—¿Te encuentras bien? —Inquirió el mercenario, echándole una rápida mirada y comprobando que ella asentía con rapidez. Vhan sonrió antes de señalarle unas palancas que había en la parte del copiloto—. Muy bien, siéntate y activa la alimentación del motor y la refrigeración. Las dos palancas y los cuatro botones que tienes junto a tu mano derecha.

—Entendido —respondió con rapidez, haciendo lo que le había pedido. Un débil zumbido recorrió la estancia cuando pulsó el último botón.

—Bien, ahora cierra la compuerta trasera y revisa el alimentador de alinum —indicó este mientras encendía una de las pantallas, que se iluminó con decenas de datos. Súbitamente, una fuerte explosión hizo vibrar la nave por completo, reflejándose en los cristales e iluminando la cabina con un color anaranjado—. ¿Qué está pasando ahí fuera?

—Lo que se inició con mi disparo se ha transformado en una batalla sin cuartel —informó Tidux, apareciendo en la cabina aún armado con el fusil.

—Mientras se disparen entre ellos, no lo harán contra nosotros —comentó Vhan con una sonrisa, tirando con fuerza de los mandos y haciendo que la nave alzara el vuelo—. No pienso quedarme aquí para ver cómo acaba, nos vamos.

La Estrella Oscura atravesó el escudo que protegía el hangar del espacio exterior y aceleró aún más para alejarse todo lo posible de la estación mientras Ges, ahora más tranquila, analizaba los datos que le llegaban desde el radar.

—Parece que nadie nos persigue, no hay ninguna señal que se acerque a nosotros.

—Si se estaban disparando unos contra otros tendremos un poco de margen antes de que decidan buscarnos o tratar de rastrearnos —anunció Vhan, pulsando unos interruptores en la parte superior del panel de control—. Vamos a hacer dos saltos rápidos para tratar de despistarlos antes de ir a la constelación de Xryred. Cuanta más distancia pongamos entre nosotros y la Federación, mejor.

—Lo siento, he tenido que dejar las provisiones atrás para poder escapar. Tendremos que tener cuidado con la comida.

—No te preocupes por ello. ¿Tú estás bien, verdad? —Ella asintió de nuevo—. Pues ya está, eso es lo que importa. Además, tampoco es que fuéramos a pagar esas provisiones —aclaró el mercenario mientras dejaba aflorar una sonrisa de divertimento en su rostro antes de tirar de las palancas para que la nave iniciara el salto.

6. La despedida

Vhan tomó un trago del termo metálico que sujetaba mientras observaba el enorme túnel purpúreo que rodeaba la nave y que se retorcía sobre sí mismo, creando diferentes tonalidades de aquel intenso color.

La tecnología de salto, como se la conocía coloquialmente, era algo que le había fascinado desde su juventud. Atraía su atención hasta tal punto de que podía quedarse horas mirando cómo aquel pasaje se movía a su alrededor mientras surcaba el espacio. Durante esos viajes podía pensar y meditar, dejándose llevar por aquellas nubes danzarinas a los lugares más recónditos de su mente. Era su santuario particular, un lugar aislado del universo que le rodeaba y que podía dominar.

Un fuerte golpe tras él le sobresaltó, devolviéndolo al interior de la cabina y haciendo que se volviera nervioso mientras lanzaba su mano derecha contra la empuñadura de su pistola. No había terminado de sacar el arma cuando se dio cuenta de que se trataba de Ges, quien se había golpeado con uno de los peldaños de la entrada. Ella, por su parte, y a pesar de que la reacción de Vhan la había asustado, intentaba sonreír, agitando el pie de lado a lado debido al dolor.

—Lo siento —dijo con una voz tan débil que fue casi inaudible al mezclarse con el zumbido del reactor, que funcionaba a pleno rendimiento.

—¿Estás bien? —Preguntó el mercenario al tiempo que se relajaba, dejando el arma de nuevo en su sitio. Ella se adentró en la cabina y se dejó caer en el asiento del copiloto con un fuerte suspiro—. ¿Qué haces despierta a estas horas? Es tarde.

—No podía dormirme y ya estaba cansada de dar vueltas en la cama. Así que me he decidido por dar un pequeño paseo. —Vhan sonrió al escuchar aquellas palabras—. Pero no me esperaba encontrarte aquí, ¿qué haces tú también despierto?

—Me tocaba guardia, estoy vigilando que todo funcione correctamente y que no haya ningún problema.

—Pensaba que una vez saltabas ya no tenías que preocuparte de nada más —comentó ella, observando la inmensa mole púrpura que los rodeaba.

—Y así es, nadie puede hacernos daño aquí dentro, pero aún así hay muchas cosas que pueden ir mal —explicó el mercenario mientras trataba de ordenar en su mente algunas de las causas que ya había experimentado—. Desde un cortocircuito o un fallo en la refrigeración del motor a llamaradas solares o interacciones gravitatorias insospechadas.

—¿Interacciones gravitatorias?

—Es algo que se da pocas veces, pero que hay que tener en cuenta. Según las rutas que tomemos, podemos pasar cerca de alguna estrella o, aún más preocupante, de un agujero negro. Estos grandes cuerpos celestes son tan masivos que pueden interferir con los instrumentos de la nave, alterando la ruta y poniéndonos en peligro.

—Vaya…

—Sí, el universo es un sitio peligroso, de eso no cabe duda —afirmó Vhan, volviéndose de nuevo hacia el cristal para observar el exterior—. Si no andas con cuidado acabas muerto, así de simple.

Aquellas palabras retumbaron en la cabina, cayendo como una jarra de agua fría sobre los dos humanos. Sin darse cuenta, ambos quedaron en silencio, meditando la verdad que había tras lo que acababa de decir el mercenario mientras observaban aquel mar púrpura que ahora componía el espacio.

—¿Crees que llegaremos? —Preguntó Ges, rompiendo el largo silencio y poniendo voz a los pensamientos que la inundaban.

El mercenario tardó un momento en volverse, como si estuviera sopesando la respuesta que debía darle. Había aceptado ayudarla y sabía que estaba haciendo lo correcto, pero aquello no quitaba las experiencias que habían vivido hasta el momento. Sentía que estaba jugando a un juego muy peligroso. Pero, al ver aquellos ojos esperanzados, no pudo sino dejar florecer una falsa sonrisa para tratar de alegrarla y eliminar sus preocupaciones.

—¡Claro que sí! Tenemos un trato, ¿recuerdas? Ya no nos queda nada. Hemos pasado lo más complicado, ahora solo tenemos que cruzar la constelación de Xryred y llegar a nuestra meta.

—¿Tendremos las antenas terminadas a tiempo?

—Sí, un par de días más y estarán listas. Cuando te has ido a dormir hemos hecho la primera prueba y ha salido mejor de lo que esperábamos. Tidux está con ellas ahora mismo.

—Bien, entonces iré a ayudarle —comentó ella, alzándose con un rápido movimiento antes de que Vhan la cogiera por la muñeca.

—No te preocupes, ya has hecho mucho con tu programa de actualización. Además, a Tidux no le gustaría mucho que le molestaras ahora —explicó el mercenario consiguiendo captar el interés de Ges, que se sentó de nuevo—. A veces agradece estar solo. Parece imposible lo lejos que ha llegado su mente artificial.

Dejó que sus recuerdos le invadieran de nuevo mientras las palabras se desvanecían sobre la cabina. Y, un instante después, se encontró sentado en aquel antiguo caza de combate que se precipitaba hacia un planeta desierto mientras decenas de explosiones acontecían a su espalda, fruto de un ataque terrorista contra la flota humana.

Vio cómo los innumerables restos de las naves aliadas se precipitaban con él antes de arder al chocar contra la atmósfera.

Recordó cómo tuvo que utilizar aquellas mismas piezas para parchear su propio caza y conseguir así que el ordenador estabilizara todos los sistemas para poder salir de allí.

Y el corazón se le encogió cuando, tras incontables esfuerzos, consiguió llegar a lo que había sido su hogar durante toda su juventud. Un lugar que había sido totalmente destruido y del que no quedaba nada más que escombros y muerte. A pesar de los sentimientos que inundaban y agitaban su interior, trabajó en cuerpo y alma para no perder a ese compañero de vuelo con el que había vivido durante tanto tiempo. Al único vestigio que quedaba del Cuerpo de Protección y que iba a ser un recordatorio viviente de su propia vida.

—Vhan. —Le llamó Ges, despertándolo de su ensueño y haciendo que se volviera hacia ella, desconcertado al no saber si le había dicho algo que él no hubiera escuchado. Ella sonrió—. Te estaba pidiendo si podrías enseñarme a manejar la nave.

—¿Por qué? —Preguntó sin prestar atención a su propio tono, consiguiendo que la mujer lo mirara con malestar. Este, al darse cuenta de su error, trató de rectificar—. Me refiero a que por qué pides eso.

—Es que… —comentó ella mientras bajaba ligeramente la mirada, tímida ante lo que iba a decir—. Nos hemos salvado de milagro todas las veces que hemos huido. La primera, cuando me encontraste, Tidux estaba chequeando los sistemas de la nave, preparado para salir volando. Luego, en Rhesa, tuviste que luchar contra aquellos seres mientras yo, simplemente, esperaba en mi asiento, observando cómo tu compañero lo hacía todo. Y ayer, en la estación, nos salvamos porque tú te habías quedado aquí y te pusiste a los mandos antes de que el primer disparo cruzara el hangar.

»Siempre habéis estado allí para arreglar las cosas, pero me asusta que en cualquier momento me necesitéis y no pueda ayudaros. Quiero saber cómo hacerlo, estar preparada para cualquier improvisto.

—Es cierto que, y viendo los últimos problemas en los que nos hemos metido, podríamos ahorrarnos algún disgusto si supieras manejarla —afirmó Vhan con una sonrisa, divertido ante la situación y reconociendo al mismo tiempo que Ges tenía razón—. Si quieres, podría enseñarte la secuencia de ignición y cuatro nociones básicas de los paneles de control porque, al estar en salto, no puedo enseñarte a pilotarla.

—Vale —respondió ella, ligeramente abatida al escucharle, pues esperaba aprender algo más que unas simples secuencias de ignición.

—Pero, si te parece bien, cuando lleguemos al sistema Talkhör podríamos hacer una pequeña parada y dejarte los mandos un rato, mientras todos los sistemas de salto se enfrían y nos preparamos para continuar hacia Xryred.

—¡Gracias! —Exclamó, levantándose de su asiento al tiempo que una gran sonrisa afloraba en su rostro, iluminando la oscura cabina de mando—. Voy a prepararme algo para beber y vuelvo, ¿te apetece tomar algo?

—No, gracias, ya tengo lo necesario —dijo Vhan, agitando el termo de color azul del que había bebido antes.

—Espero que eso sea café —recriminó mientras lanzaba una mirada al recipiente y luego a él.

—En parte —respondió con una sonrisa picaresca antes de destaparlo y darle un trago.

—Eso no… —Trató de argumentar ella mientras Vhan comprobaba cómo sus mejillas se sonrojaban.

La mente de Ges se debatía en si decirle algo acerca de la bebida o, por el contrario, olvidar aquel tema. A pesar de que no quería afrontar ninguno de los problemas que le acababa de explicar antes con un capitán borracho, tampoco quería perder la oportunidad de aprender cómo pilotar la nave.

—¿Sí? —Preguntó el mercenario, divertido al ver en su rostro el debate que estaba desarrollándose en su interior.

—¿Qué te parece si me preparo algo de café y vuelvo? Así te hago compañía y me empiezas a explicar todos los interruptores, botones y palancas —comentó ella, tratando de salvar aquella conversación.

—Vale, ve a por tu café, te esperaré aquí. Y, viendo que nadie en esta nave va a dormir, voy a encender las luces —anunció este mientras se recolocaba en el asiento y apretaba un par de botones.

La Estrella Oscura se zarandeaba de un lado para otro mientras Vhan, que se encontraba sentado en el asiento del copiloto, trataba de enderezar el rumbo que mantenía Ges.

—No importa sujetes los mandos tan fuerte, muévelos despacio, con suavidad —pidió el hombre—. Los controles son muy sensibles, tienes que ir con cuidado. Si haces un movimiento brusco, la nave también lo hará.

—Vale —respondió ella, mirando por un segundo sus nudillos, que se había tornado blancos al sujetar con tanta intensidad los controles.

—Mejor, mucho mejor —sentenció él al notar cómo ella los dejaba más libres—. Ahora intenta concentrarte no solo en los mandos, sino en toda la nave. Escucha sus necesidades y percibe cada una de sus movimientos. Debes pensar que se trata de un ser vivo. Imagínate que se trata de un pez que se mueve por el inmenso mar del espacio y que tú eres la que lo sujeta mientras este aletea para deslizarse por él —anunció el mercenario con tranquilidad, intentando que la mujer se relajara al escuchar su voz—. Ahora vamos a probar de alzar el morro y subir. Siente cómo tu cuerpo se incrusta en el asiento, utilízalo para saber qué ordenarle a la nave.

—Entendido —dijo ella, concentrada en las palabras de su compañero.

—Ahora mismo estás sintiendo la fuerza del movimiento, la resistencia de tu cuerpo ante la gran aceleración a la que viajamos. Esto es así porque yo mismo he regulado los amortiguadores de inercia a un noventa y siete por ciento de su capacidad —explicó Vhan con orgullo—. De esta manera soy capaz de manejarla mucho mejor, de adaptarme a las necesidades y moverme como si la nave y yo fuéramos un solo ser.

—¿Ese es tu secreto, así consigues pilotar como lo hiciste cuando nos escapábamos de la Federación? —Preguntó la mujer sin apartar la vista del exterior.

—Yo no lo llamaría secreto —respondió con sinceridad el mercenario antes de centrarse de nuevo en el pilotaje de la joven—. Vamos, quiero que aumentes la velocidad y empieces a girar los controles mientras sigues ascendiendo. Vas a realizar un giro de tonel hacia la derecha.

La nave reaccionó al instante, haciendo que el pequeño dispositivo de horizonte artificial mostrara aquel movimiento pronunciado al tiempo que Vhan sonreía con intensidad. Ges, por su parte, estaba totalmente rígida, concentrada en su tarea.

—Lo estás haciendo muy bien —anunció el mercenario al tiempo que soltaba sus palancas—. Esta es una de las maniobras propias de los cazas de combate y, aunque la mayoría de naves de este tamaño son incapaces de hacer algo así, esta ha sufrido una gran cantidad de modificaciones. Por fuera puede parecer una nave destartalada, pero cuando compruebas los refuerzos internos y el motor que tiene escondido en su tripa te das cuenta de que no es lo que parece.

—Estoy segura de que en Rhesa hubo más de un piloto que se quedó asombrado con tus maniobras, te movías como uno de ellos, mejor incluso.

—Pero no solo se necesita una buena nave, también hace falta un buen piloto. Alguien que sea capaz de exprimirle todo el potencial —aclaró él antes de volverse hacia Ges, que enderezaba los controles—. ¿Ahora te ves capaz de pilotar la nave?

—Sí, creo que sí. Ahora sería capaz de encenderla y de prepararla para partir. Incluso creo que no habría problema en que la manejara durante un tiempo.

—Entonces vamos a comprobarlo —concluyó el mercenario con energía mientras pulsaba un botón del cuadro de mandos—. Tidux, deja las antenas y ven a la cabina, voy a necesitar tu ayuda, y será mejor que te sujetes.

—¿Qué quieres que haga? —Preguntó la mujer, preocupada al ver la extraña sonrisa que cruzaba el rostro del hombre.

—Si tienes que manejar la nave para salvarnos no va a ser un viaje fácil, así que vamos a practicar. ¿Ves el sistema de anillos que tiene ese planeta? —Señaló Vhan, a través del cristal de la cabina, el cuerpo celeste que tenían delante de ellos. Se trataba de un gigante gaseoso de color pardo cuyos anillos dejaban grandes sombras en su superficie. Se volvió para ver cómo ella asentía—. Pues vamos a cruzarlos por dentro, y tú serás quien pilotará.

—¡Estás loco! —Exclamó Ges con nerviosismo, notando cómo su estómago daba un vuelco.

—Puede, pero es la mejor manera de aprender. Sino nunca sabrás pilotar de verdad —respondió este al tiempo que agarraba las palancas y daba más potencia—. Además, no te preocupes, yo aprendí así.

—Eso no ayuda, Vhan —replicó ella, mordiéndose el labio inferior al ver que lentamente aquel cuerpo celeste se hacía cada vez más grande.

El motor rugía con fiereza y la alarma de proximidad resonaba por toda la cabina mientras los tres tripulantes observaban cómo enormes bloques de hielo y rocas pasaban a su lado a toda velocidad. Ges, quien dirigía el rumbo de la Estrella Oscura, apretaba los dientes. A pesar del miedo que sentía, se mantenía firme. Vhan, por su parte, y aunque habría sido idea suya, se aferraba al asiento algo nervioso, viendo lo cerca que pasaban de aquellos restos primigenios.

—Obstáculo a quince ühns —avisó Tidux con total serenidad. Ges movió con fuerza los controles para corregir el rumbo y alejarse de un trozo de hielo, tan grande como su propia nave, con el que estaban a punto de chocar.

Antes de que terminara la maniobra se oyó un estruendoso chirrido que resonó a lo largo de toda la estructura. La nave sufrió un fuerte zarandeo y las luces de todos los paneles de la cabina se apagaron, volviendo a encenderse tras unos instantes en un tono rojizo.

—¡Lo siento! —Gritó la mujer, soltando las palancas de control y dejando por un instante la Estrella Oscura sin gobierno. Vhan se apresuró a tomar el relevo al tiempo que realizaba un gran tonel para pasar entre dos enormes rocas, que se cerraban frente a ellos, y tirar de los controles para emerger de aquellos peligrosos anillos de hielo.

—¡Te has movido demasiado rápido! ¿Qué es lo que te había dicho? ¡Movimientos suaves! —Recriminó el mercenario—. ¡Tidux, control de daños!

—Hay errores en toda la punta del ala derecha, no parece haber ningún problema grave, solo ha sido un golpe.

—Lo siento…

Vhan suspiró intentado calmarse. La cabina quedó en completo silencio mientras las pantallas parpadeaban mostrando las averías y los problemas ocasionados por aquel impacto. Ges agachó la cabeza, arrepentida y, al mismo tiempo, esperando una segunda reprimenda. De repente, el mercenario se echó a reír, haciendo que los otros dos le miraran, desconcertados.

—Podría haber sido peor. Para serte sincero, me has impresionado. Cuando yo lo hice por primera vez, estuve a punto de chocar de frente contra un asteroide y convertirme en papilla.

—Eso no tiene sentido. ¿Por qué me has dejado pilotarla si tú mismo estuviste a punto de morir?

—Para probarte —respondió tajante el mercenario. Por un segundo, a Ges le pareció ver una sonrisa maliciosa en su rostro—. Necesitaba saber hasta qué punto estabas dispuesta a llegar.

—¡¿Pero qué dices?!

—Si tú tienes que coger en algún momento los mandos, significará que nosotros dos estaremos en problemas. —Haciendo un rápido movimiento con su mano para señalarse a él y al robot—. Tenía que comprobar que eras capaz de plantarle cara al miedo y seguir adelante. Tienes que ser fuerte, la próxima vez, puede que no sean rocas a lo que nos enfrentemos.

Hubo un extraño silencio tras aquellas palabras mientras los dos humanos se miraban a los ojos sin decir nada. A pesar de que el corazón de Ges seguía latiendo desbocado, el mercenario pudo comprobar que sus palabras habían hecho eco en la joven. Una fuerte determinación crecía en su interior, reflejándose en aquellos ojos verdes.

—Creo que dejaremos por hoy la lección de pilotaje. Ya va siendo hora de saltar hacia Xryred. ¿Haces tú los honores?

—Pero no sé exactamente a donde vamos —respondió ella mirando las pantallas en busca de una respuesta. Al no encontrarla, se volvió de nuevo hacia el mercenario—. En ningún momento me habéis dicho cuál es nuestro destino real, ni qué haremos allí. Solo habéis estado hablando de la constelación, no de un lugar exacto.

—Tienes toda la razón. Un momento, pondré las coordenadas en la pantalla y podrás ver hacia donde nos dirigimos.

Vhan apretó una de las pantallas auxiliares, haciendo aparecer en el proyector holográfico un grupo de estrellas que formaban una extraña forma geométrica.

—Esta es la constelación de Xryred. Y sí, antes de que lo preguntes, esas estrellas forman un octógono. Y no, eso no es natural. Fueron los propios mushons, los habitantes de ese sistema, quienes movieron las estrellas, tal es su capacidad científico-tecnológica. Nuestro destino es el sistema que rodea a Fiter, la estrella que forma el vértice superior. Allí, rodeando al cuarto planeta, hay una estación espacial en la que está establecida una colonia humana que creo, si no me equivoco, que se remonta a la gran separación y donde encontraremos el combustible que necesitamos para continuar nuestro viaje.

—Estoy enviando las coordenadas de la estación desde el ordenador principal al dispositivo de salto —anunció el robot, que se había mantenido callado hasta aquel momento.

—Entonces, ¿puedo saltar? —Preguntó ella con lentitud, viendo como el mercenario asentía y sonreía—. Muy bien, ahora debo apretar estos botones, encender la alimentación secundaria y el dispositivo de salto…

—Sí, muy bien. Ahora deja que el ordenador reconozca la localización y se realicen todos los cálculos necesarios. Una vez terminen y todo este correcto, podremos saltar.

Ges miró con atención la pantalla que tenía frente a ella mientras se cargaban los nuevos datos en una intensa cascada de información. Tras un breve instante, una luz verde les indicó que la nave estaba preparada. La mujer agarró la palanca y la activó, haciendo que se creara la enorme nube de salto a su alrededor antes de adentrarse en ella y hacer que los tres tripulantes se pegaran al asiento debido a la intensidad de aquella aceleración.

—Y, ¿quiénes son esos musuns?

—Mushons —rectificó Vhan con rapidez—. Son una raza pacífica y altamente tecnológica que ha abandonado parte de ese progreso para centrarse en la religión.

—¿La religión? —Preguntó ella, sorprendida al oír aquellas palabras.

Aunque no conociera a aquellos seres, el escuchar que una raza con un alto nivel de conocimientos científicos abrazaba la religión, cualquiera que fuera esa, era algo sumamente inusual. Ese tipo de creencias eran conservadas por especies inferiores, que aún no habían desarrollado una gran tecnología y que eran incapaces de cruzar las estrellas o sobrevivir frente al resto del universo. Todas las civilizaciones que había podido conocer durante su vida en la estación de Pykek habían desarrollado nuevas creencias. Siguiendo la evolución de los propios especímenes y teniendo la ciencia como punto de apoyo.

—Bueno, no sé muy bien si es correcto decir eso. Digamos que se han centrado en la meditación. En buscar la paz y la armonía con la naturaleza y el cosmos. Se dice que poseen ciertos poderes adivinatorios y que son capaces de ver el futuro y de conocer hacia dónde se dirige el universo.

—¿Y dices que hay humanos viviendo con ellos?

—Sí. Por lo que he oído, los mushons tratan con respeto a todas las razas que viven en sus territorios. Creo que nunca ha existido un problema de convivencia entre los humanos y los mushons; ambos viven en armonía.

—Podríamos establecernos todos allí —Suspiró con tristeza, intentado imaginar aquella realidad. Aunque sabía perfectamente que era imposible.

—Las leyes de la galaxia lo prohíben —respondió Tidux con rapidez, sin prestar atención a la triste mirada de la mujer—. Se establecieron muchas leyes para que todas las razas pudieran vivir en paz y abandonar las guerras que asolaron la galaxia durante milenios.

»Puede parecer una injusticia contra los seres humanos, pero es la manera de mantener la paz que tanto tiempo y vidas ha costado construir. El mal de unos pocos es un precio justo para que toda una galaxia viva tranquila —concluyó el robot con un tono seco, capaz de romper cualquier ilusión o sueño.

—Y así es cómo funciona el universo en el que vivimos, puede que no nos guste, pero es la manera para que todo siga en marcha —anunció el mercenario, mofándose de sus propias palabras para intentar alejar la oscura realidad que gobernaba la nebulosa—. Si no lo hacemos nosotros, nadie nos ayudará. Somos los que hemos llegado más tarde y nos toca bailar con la más fea de la fiesta.

—Pero si conseguimos reclamar ese sistema podríamos cambiar las cosas, es todo lo que necesitamos... —Anunció Ges mientras soltaba los mandos y se quedaba pensativa en su asiento, observando el exterior purpúreo que los rodeaba.

La Estrella Oscura salió del salto con un ligero zarandeo mientras la nube que les envolvía se disipaba y decenas de colores les daban la bienvenida a aquel rincón de la galaxia. La estación que había aparecido frente a ellos había sido pintada como si fuese una obra de arte; un lienzo de cuatro kilühns de ancho que se unía en armonía con la negrura del espacio y del resto del sistema que la rodeaba.

—¡Qué preciosidad! —Exclamó Ges, tratando de alzarse para contemplarla mejor sin darse cuenta de que aún seguía atada a su asiento—. No puedo creer que sea una estación.

—Lo sé, es una verdadera maravilla.

—Parece un buen sitio donde vivir —comentó ella, tratando de imaginar el pueblo y la vida que se ocultaba tras aquellas pinturas.

—Tenemos una llamada entrante —indicó Tidux.

—Abre el canal —ordenó Vhan, ralentizando la velocidad de la nave hasta detenerla.

—*Artÿkhg'ual* —dijo una voz a través del comunicador—. Sed bienvenidos a Caglänht.

—Saludos, aquí la Estrella Oscura, pedimos permiso para aterrizar en la estación y repostar nuestra nave. Nuestro identificador…

—Acceso concedido, Estrella Oscura, les estábamos esperando —interrumpió la voz procedente de los altavoces—. Por favor, diríjase directamente a las coordenadas que estamos enviando a su ordenador de a bordo. Nuestro comité de bienvenida estará allí para recibirles.

El comunicador enmudeció y dejó a los tres tripulantes sorprendidos y ligeramente atemorizados ante las palabras procedentes de aquel aparato. Ges miró a los dos mercenarios, uno por uno, buscando alguna señal que le indicará qué estaba pasando, pero ambos miraban hacia la estación, concentrados en sus propios pensamientos. Finalmente, y rompiendo el silencio que les había atenazado hasta aquel momento, Vhan agarró los mandos y aceleró de nuevo la nave.

—Habrá que hacerles caso.

—¿Estás seguro? —Preguntó Ges, aún desconcertada por todo aquello—. No me parece que sea una buena idea.

—¿Será una trampa de la Federación? —Cuestionó Tidux, realizando una rápida comprobación a los monitores.

—No lo creo. Los mushons pertenecen al Gobierno Galáctico, pero me parece que no les importará o, que ni siquiera sepan que la Federación nos busca. Dudo mucho que se trate de una trampa. Además, nuestras reservas de alinum están casi agotadas, no hay otro lugar cercano donde podamos repostar, así que tendremos que atracar aquí —sentenció el mercenario, comprobando la trayectoria de aproximación a través de uno de los monitores.

—¿Qué era lo que nos ha dicho cuando ha llamado?

—Creo que es su saludo, ¿no es así, Tidux?

—Efectivamente, ellos lo utilizan como saludo y despedida. En leguaje galáctico, y dejando a un lado su traducción más literal, podría entenderse cómo: que el universo te sonría.

—Con ese saludo no parecen muy peligrosos.

—¿Qué querían decir con que nos estaban esperando? —Preguntó la mujer, interrumpiéndole y agarrándose al asiento de delante para ver mejor la estación que crecía por momentos.

—No lo sé, pero mantened los ojos bien abiertos.

La compuerta de la nave descendió lentamente, dejando que los tripulantes de la Estrella Oscura pudieran contemplar la magnitud de aquel hangar. Tras el muelle de carga y las plataformas de aterrizaje se abría un enorme espacio destinado a ser el punto de encuentro entre visitantes y viajeros. Todo el lugar estaba rodeado por grandes ventanales que dejaban ver la inmensa estructura que componía la estación así como las naves que entraban y salían de esta. Pero, fue la inmensa obra de arte que recorría toda la estancia lo que les dejó más impresionados. Al igual que el exterior de la estación, allí había miles de dibujos pintados a mano que se entremezclaban unos con otros en decenas de colores para formar un único y gigantesco tapiz.

A pesar de su asombro, Vhan pudo distinguir algunos de aquellos símbolos; eran representaciones científicas del mundo que les rodeaba. Vio largas cadenas de ADN moviéndose de un lado a otro, dispersiones electromagnéticas, órbitas planetarias y estrellas en movimiento. Toda la ciencia galáctica parecía tener cabida en aquel mural.

Los tres avanzaron en silencio, observando aquellos dibujos hasta que se dieron cuenta de que frente a ellos había un grupo de seres que parecían esperarles.

Debían medir dos ühns de alto, pero eran tan anchos que se habrían necesitado un par de hombres para rodearlos. Vestían prendas largas y ligeras, teñidas en gran variedad de colores que contrastaban con la blancura de su tez y con los símbolos que tenían pintados en frete y mejillas. A pesar de ello, sus rostros, redondeados y calvos eran amables y parecían transmitir una extraña sensación de paz.

El mushon que estaba en el centro del grupo, y quien se apoyaba sobre un gran bastón de madera, dio un paso hacia ellos. Aunque Vhan había esperado ver dificultad o pesadez en sus movimientos, aquel ser era elegante y grácil, como si aquellos abultados cuerpos estuvieran rellenos de aire.
Una voz armoniosa y profunda emergió de la garganta de aquel ser, captando la atención de los recién llegados.

—¡*Artÿkhg'ual*, jóvenes viajeros! Sed bienvenidos a Caglänt, nuestra humilde estación. Pueden llamarme Kän, soy el jefe espiritual de esta comunidad. Les estábamos esperando.

—¿Cómo es que nos esperaban? —Preguntó Ges, con nerviosismo.

—Soy Vhan, capitán de la Estrella Oscura, muchas gracias por permitirnos aterrizar en su estación —respondió, tendiéndole la mano e intentando que la pregunta de la mujer no les molestara.

—Pero maestro, han llegado más tarde de lo que pensábamos —intervino una voz aguda desde detrás de Kän.

Tanto el sumo sacerdote como Vhan miraron a la joven criatura que acababa de hablar. Era menuda y se sujetaba a las ropas de uno de los otros sacerdotes, con los ojos bien abiertos para observar a los viajeros. El mercenario no pudo sino sonreír; si se hubiera tratado de un humano, habría sido un niño de ocho o nueve años.

—Eso es cierto, joven aprendiz. Pero recuerda que no somos nadie para juzgar los acontecimientos, ni quejarnos de que estos no vengan así como nosotros deseamos.

—Sí, sumo sacerdote —dijo este, agachando la cabeza en señal de arrepentimiento.

—Hemos estado practicando algunas maniobras de vuelo antes de saltar hacia aquí, si es lo que quieren saber —concluyó el mercenario, que no terminaba de entender qué estaba pasando, pero que quería ver a dónde conducía todo aquello.

—Ahí está tú explicación. Como he dicho, todo tiene un motivo. Recuérdalo novicio, todo lo que ocurre en el universo tiene un porqué. Y ahora, no perdamos más tiempo con esta conversación, ya que no disponemos de mucho. Por favor, sígannos, hemos preparado un banquete para celebrar su llegada.

—Necesitamos repostar la nave, tenemos que irnos cuanto antes de aquí. No quiero parecer descortés, pero tenemos prisa.

—Dicen que tienen prisa para aceptar nuestra hospitalidad, pero no para surcar el espacio sin rumbo para, simplemente, cumplir los deseos de su compañera —dijo Kän en un tono que no tenía posibilidad de réplica—. Sígannos, y no se preocupen por su nave, mi pueblo se encargará de ella.

—Id vosotros, yo me quedaré para vigilar que todo vaya bien —anunció Tidux antes de que el mushon se volviera de nuevo y le mirara, haciéndole comprender que ni siquiera él podría librarse de sus órdenes—. De acuerdo, también os acompañaré.

Los tres siguieron a la comitiva en silencio por los pasillos mientras observaban la estación y las gentes que la habitaban. Ges pudo comprobar al instante que las palabras de Vhan eran acertadas. Mirara donde mirara veía a los mushons y los humanos conviviendo en armonía; hablando unos con otros, riendo y compartiendo sus tareas diarias sin problemas, sin miedos. Algo muy diferente a lo que había estado viviendo hasta el momento en las estación de Pykek.

Otro aspecto que le sorprendió fue que todos los hombres y mujeres con los que se encontraban poseían los ojos ligeramente rasgados, fruto de sus antepasados y de la memoria genética de la Tierra. Recordándole que en su antiguo planeta de origen también habían existido diferencias entre los humanos, provocando en muchos casos guerras y conflictos. Pero aquel tiempo había sido olvidado hacía mucho. Ahora el único sentimiento que quedaba era el de unión, la unión de los pocos seres que quedaban de una especie que había tenido que sobrevivir a una migración masiva y a unos anfitriones no siempre amables.

De pronto, el grupo se detuvo frente a una compuerta metálica pintada con colores chillones. Kän alzó una mano y esta se abrió con un suave susurro. La sala que apareció tras esta era pequeña, con una mesa baja que ocupaba gran parte de la estancia y cubierta de platos de comida. Intensos olores se elevaban sobre toda la habitación y acariciaban los sentidos. El suelo estaba cubierto por media docena de cojines de unos colores muy vivos y, al fondo, una gran cristalera permitía ver las estrellas del exterior.

Ges las observó por un instante, comprobando que no reconocía ninguno de los astros que veía. Aunque si descubrió que, en aquel lugar alejado del núcleo central de la galaxia, las estrellas se encontraban más diseminadas a lo largo del negro lienzo que componía el espacio.

—Tomen asiento, por favor —rogó Kän, colocándose en el extremo de la mesa, desde donde podía observar a los presentes.

—Sabía que eran pacíficos y amigables, pero no me esperaba esto —anunció Vhan mientras tomaba asiento y les indicaba a sus compañeros que hicieron lo mismo—. Perdone mi impertinencia, ¿pero hacen lo mismo para todos los que llegan a la estación?

—No, señor Vhan, solo lo hacemos con los que nos ponen en peligro —respondió este, dejando florecer una sonrisa al ver la reacción de los dos humanos—. No se preocupe, no les haremos daño, como bien ha dicho, somos gente pacífica. Por favor, coman lo que quieran, estoy seguro de que estarán hambrientos. —Ofreció este, agarrando la copa de cristal que acababa de llenar uno de los sacerdotes que les habían acompañado—. Y ahora, brindemos. ¡Por los trabajos inesperados!

—¿Qué es lo que saben? —Interrogó Vhan, observando al sumo sacerdote y su rostro ligeramente arrugado en busca de alguna respuesta corporal.

—Digamos que tenemos una clara idea del motivo por el que la Federación de Comercio y Transporte les sigue y del porqué llevan dos antenas en la bodega de carga de su nave —anunció con lentitud Kän, disfrutando de cada una de las palabras que pronunciaba.

—¿Cómo puede ser eso posible? —Preguntó Ges, ahora nerviosa, sintiendo un escalofrío recorrer su espalda.

—Si hablamos de forma llana y sencilla, y estoy seguro de que ya lo habrán escuchado en alguna ocasión, algunos de nuestros individuos son capaces de ver el futuro. O, para ser más precisos, las posibles variaciones que pueden acontecer en la galaxia según las acciones que desarrolle la gente.

—¿Cómo una raza tan avanzada tecnológicamente como la suya, capaz de mover las propias estrellas, cree y habla de la adivinación de esa manera? —Inquirió ella, incapaz de comprender aquello. Ni siquiera los humanos creían ya en ello.

—Un punto no quita el otro, ambos se pueden unir en armonía para formar una línea —respondió el sumo sacerdote con tranquilidad, sin mostrarse ofendido ante aquellas duras palabras—. Es cierto que somos una raza avanzada, pertenecemos al círculo Alkhan en cuanto a nivel tecnológico, que es el rango más alto con respecto al resto de la galaxia, pero al contrario que las otras civilizaciones que lo forman, nosotros hemos visto que hay algo más que la mera ciencia o tecnología.

»Nos hemos centrado en recuperar la armonía con el universo que atańo quebramos con nuestras ansias de evolucionar. Aunque muchas de las razas que poseen un nivel tecnológico similar al nuestro piensan que nos hemos vuelto locos. Nosotros estamos convencidos de que es el siguiente paso a dar y hemos llegado a conseguir un equilibrio con el cosmos que nos ha permitido descubrir que todas nuestras acciones, aunque pequeñas, pueden afectar en gran medida al resto del universo. Es un punto sencillo, todos conocemos los teoremas científicos de las acciones y sus reacciones iguales y opuestas, ¿verdad?

Hizo una ligera pausa para tomar un sorbo de su copa mientras los humanos le observaban con curiosidad, asintiendo lentamente ante sus palabras.

—El problema es que, si cogemos esas acciones y las plasmamos en un contorno universal, la reacción que puede provocar dicha acción no siempre es igual, sino que a veces es capaz de crecer y transformarse en algo superior. Pues todo está conectado de una manera u otra y es capaz de interactuar con el resto del universo que lo rodea. Nuestros sacerdotes más preparados y, algunas veces, los más jóvenes —anunció Kän, mirando a los dos novicios que comían alegremente sin prestarle atención—. Son capaces de vislumbrar las posibles realidades y consecuencias de los actos que pueden llegar a afectar a toda la galaxia. Desde un desastre planetario que puede destruir una nación o raza, hasta el redescubrimiento de un sistema olvidado por el propio tiempo y cuya localización se encuentra en el collar que lleva ahora mismo la señorita Gesandaryan.

La mujer se llevó rápidamente la mano al cuello para intentar ocultar y proteger la joya de la mirada de Kän; sin darse cuenta de que su propia reacción la acababa de delatar. Los dos mercenarios se removieron intranquilos en sus asientos, mirando al sumo sacerdote, quien mostraba una tremenda felicidad en su rostro.

—Parece que saben más que nosotros —comentó Vhan, tratando de sonar divertido y de ocultar la verdadera preocupación que le asolaba.

—Cuando la señorita Gesandaryan descargó la localización del sistema solar en la memoria que ocultó en el collar, una gran ola de acontecimientos azotó a todos los iniciados. Un enorme maremoto que podría llegar a cambiar el curso de las vidas de todos los seres de la galaxia.

Aquellas palabras resonaron en la habitación mientras todos los mushons miraban a la mujer, con interés y miedo a partes iguales, como si se tratara de un arma a punto de explotar.

—¿Van a entregarnos a la Federación? —Preguntó Tidux, que analizaba cada movimiento de los presentes en busca de una señal de peligro.

—No, querido amigo metálico, nosotros hemos decidido dejar de actuar. Ahora somos unos meros espectadores que solo desean ver hacia donde se dirige el universo.

—Nos han acogido en su estación y nos están dando de comer, ¿eso no es ayudarnos?

—No se equivoque, esto lo hacemos para todos los que solicitan asilo en esta estación. Simplemente hemos alimentado a unos hombres hambrientos —dijo Kän mientras comprobaba cómo los dos humanos habían cedido a su apetito y llenado sus platos con los manjares que habían preparado—. Y luego van a pagar con su propio dinero el combustible que les hemos entregado. Así que estamos haciendo lo que haríamos con cualquier otro ser que acudiera a nosotros.

—No entiendo nada —comentó el robot, negando con la cabeza y haciendo que Ges sonriera por un segundo al mirarlo.

—Es decir, que van a permitir irnos para que continuemos nuestro viaje como si fuéramos unos simples visitantes más en su estación. A pesar de que saben lo que tenemos en nuestro poder y lo que puede representar para el resto de la galaxia —concluyó Vhan, analizando a Kän, quien asintió ligeramente. El mercenario sonrió, aliviado al no tener que abrirse paso a tiros para escapar. De pronto una idea brotó en su mente—. Dígame, sumo sacerdote, ¿qué es lo que ha visto en esa bola cósmica?

—Posibilidades —respondió con serenidad mientras los demás sacerdotes que les habían acompañado hasta allí asentían con vehemencia—. Aún pueden pasar muchas cosas, todo depende de los caminos que escojan a partir de ahora. No hay nada escrito en el firmamento, solo ustedes tienen el poder de decidirse por uno u otro resultado.

El sumo sacerdote examinó al mercenario, que lo miraba con cierta desilusión al comprobar que no obtendría ninguna respuesta real por su parte.

—Solo les puedo decir que Gesandaryan tiene en sus manos no solo sus vidas, sino las de billones de seres, y que sus próximas decisiones pueden salvarlas o condenarlas. En su caso, usted deberá escoger entre dos caminos muy diferenciados; la salvación o la perdición estarán a su alcance y tendrá que elegir, afrontando las consecuencias de cada una de ellos.

—Puede que no se quieran comparar con el resto de adivinos que venden sus mentiras a las pobres gentes que creen en ellas, pero hablan exactamente igual que ellos —bufó Vhan, haciendo que el sumo sacerdote soltara una profunda y sincera carcajada.

—Tranquilo, pronto sabrá a qué me refiero.

En ese instante, antes de que las palabras se desvanecieran en el aire, la compuerta de la sala se abrió con un fuerte zumbido. Un mushon, que aún no había cumplido la mayoría de edad, pues poseía un cuerpo delgado y atlético en comparación con el tamaño que tenían el resto de los presentes, entró a gran velocidad en la estancia. El joven, que tampoco llevaba las pinturas religiosas típicas en el rostro, tenía la cara enrojecida y su respiración era costosa. En su semblante asomaba un profundo terror que le hacía temblar y mirar con nerviosismo a todos los demás, quienes permanecieron callados mientras recuperaba el aliento.

—Ya están aquí, sumo sacerdote, como usted había anunciado —dijo finalmente, atragantando las primeras palabras.

—¿Quién? —Inquirió Ges, volviéndose de nuevo hacia Kän en busca de una respuesta.

—Los de la Federación de Comercio y Transporte han llegado a nuestras puertas —anunció con serenidad.

—Así es, sumo sacerdote, tres cruceros de combate han rodeado la estación. —Todos los presentes, a excepción del anciano, se sobresaltaron al escuchar sus palabras. Kän, simplemente asintió lentamente; no cabía duda en que sabía lo que iba a ocurrir—. Han enviado un mensaje.

—Póngalo, por favor.

El mushon se acercó a la pared izquierda de la estancia, donde había un pequeño panel de control. Pulsó unos botones y los cristales que había tras Kän se transformaron en una inmensa pantalla. En ella apareció el enorme cuerpo de un gujuro que vestía un uniforme militar azul cubierto por una serie de condecoraciones colgadas en el pecho. El cuello de la prenda estaba abierto para permitir que las cuatro tuberías que emergían de la piel de aquel ser se conectaran con el enorme casco que le cubría la cabeza.

—Al habla el capitán Sháhng, comandante de la Flota de la Federación de Comercio y Transporte. Sabemos que en estos momentos están protegiendo a unos criminales, una pareja humana y un robot. Entréguelos inmediatamente o nos veremos obligados a abrir fuego contra la estación. Disponen de cinco minutos para decidir, corto y cierro.

Aquellas palabras se desvanecieron lentamente mientras los cristales se volvían transparentes de nuevo y dejaban ver el espacio exterior, donde ahora se veía la forma de una de aquellas naves de combate. Pequeñas luces brillaban como estrellas a lo largo de toda su estructura, que recordaba la forma de un rifle de fusión. Su proa estaba protegida por seis torretas de plasma de gran envergadura que apuntaban amenazadoramente hacia la estación.

Debido a su posición se podía distinguir, en el lado derecho, el escudo protector del hangar principal, así como diversos puntos de acceso diferentes que estaban destinados a otro tipo de vehículos. A medida que se recorría con la mirada, el crucero iba aumentado de tamaño, añadiendo más cubiertas hasta que los cuatro propulsores encargados de desplazar aquella obra de ingeniería por el espacio se separaban del núcleo principal y formaban una cruz a su alrededor. Tras ellos, el crucero volvía a disminuir y, aunque gran parte de aquella estructura se ocultaba tras los propulsores, se podían distinguir una nueva serie de torretas preparadas para arremeter contra cualquier enemigo que se les acercara.

—No lo dice en serio, ¿verdad? —Preguntó Ges, mirando con preocupación al crucero de combate y, luego, al sumo sacerdote—. No serán capaces de abrir fuego contra la estación por nosotros.

—Me temo que sus palabras eran totalmente sinceras. No me cabe duda de que si no hacemos lo que piden nos atacarán.

—Eso provocaría una guerra. El Gobierno Galáctico no lo permitiría —intervino Vhan, que miraba a través del enorme ventanal el crucero de la Federación que se acercaba lentamente.

—El problema es que la Federación ya no solo es una raza más dentro del concilio, sino que posee un gran poder e influencia en toda la infraestructura del gobierno. No sé hasta qué punto el resto de gobernantes ayudaría a detener el conflicto. Sin contar que los gujuros, quienes nos odian en gran medida, aprovecharían esto para tratar de eliminarnos por completo.

»Una guerra entre nuestras razas sería catastrófica; y nosotros saldríamos perdiendo. Debemos tener en cuenta que ya no poseemos un ejército como tal, nuestro imperio no ha luchado en un conflicto armado desde hace más de tres mil años.

—No tendrían posibilidades ante las tropas de la Federación. Ellos nunca han dejado de pelear, están totalmente preparados para la guerra —indicó el mercenario, tratando de imaginar un enfrentamiento entre los dos grandes imperios. Pudo ver claramente el fuego de los combates devorándolo todo y a los seres que tenían frente a él, muertos. Había visto y oído suficiente para saber que si llegaban a enfrentarse, los mushons saldrían perdiendo e, incluso, su civilización podría llegar a desaparecer.

—No lo entiendo, ¿de verdad iniciarían una guerra contra otra de las razas del Gobierno Galáctico para atraparnos?

—Posiblemente. En teoría somos criminales y podrían argumentar que ellos nos han dado asilo. Seguro que eso les bastaría. Además, como dice Kän, los mushons y los gujuros no se llevan muy bien, ¿no es así? —Inquirió el mercenario.

—Aunque vivamos en paz, es de sobra conocida la aversión que tienen por nosotros.

—¿Por qué?

—Somos dos caras de la misma moneda. Nosotros hemos avanzado hacia la creación de un vínculo con el cosmos, de una comunión con todo, dejamos que todo fluya como debe ser. Ellos, por su parte, han modificado su propia naturaleza, han intervenido con metal y tecnología para mejorarse a sí mismos, o eso es lo que creen. Cada imperio ha abrazado una manera diferente de ver la vida y, al contrario que nosotros, quienes toleramos y respetamos cualquier especie, ellos no son capaces de hacerlo; intentando eliminar todo ser que les aborrezca.

—¡No podemos dejar que disparen contra esta gente! —Exclamó Ges, volviéndose hacia sus compañeros mientras sus ojos se tornaban cristalinos—. Me entregaré, no puedo dejar que nadie más se ponga en peligro. Ya ha muerto demasiada gente por mi culpa.

—Ahora ya no hay vuelta atrás —respondió Vhan de forma calmada, pensando una solución para todo aquello—. ¿Vas a dejar que venzan, que consigan lo que buscan? ¿Crees que saldrás con vida? Te equivocas, te matarán cuando consigan la información.

—El mal de unos pocos es un precio justo para que todos vivan tranquilos —respondió ella, recordando las palabras del robot.

—Hay otras opciones, ¿dejarás que tus padres hayan muerto en vano? Podríamos salir corriendo de aquí y dejar que nos persiguieran.

—Las lecturas que me llegan desde la nave me indican que aún no está lista para partir —intervino Tidux con la mirada fija en su compañero.

—Seguro que se nos ocurre alguna otra idea, podríamos…

—No. Ya ha muerto demasiada gente por culpa de mi egoísmo. Si existe ese odio que Kän ha dicho no se creerán que nos hayamos escapado o, ni siquiera les importará si es verdad o no. No pienso ponerles más en peligro ni darles un motivo a los de la Federación para que les hagan daño.

—No pienso rendirme sin luchar —anunció el mercenario. Su voz era dura y firme.

—Lo sé, por eso vosotros no vendréis conmigo.

—¿Cómo? —Preguntó Vhan, confuso y sorprendido ante las palabras de la joven—. ¿Entonces?

—Me entregaré sola. Me buscan a mí, vosotros solo sois un daño colateral. Les diré que después del ataque en Lardalan decidisteis dejarme aquí y huir de ellos. Así, una vez esté la nave lista y no haya peligro de que os atrapen, saltad hacia el sistema y reclamadlo para toda la humanidad.

—¡Estás loca! No se lo van a creer.

Ges se volvió hacia el sumo sacerdote, que los escuchaba en silencio, impasible.

—Por nuestra torpeza, les hemos puesto en peligro y sé que no estamos en condición de pedir nada, pero necesito que nos hagan este favor. ¿Podrían corroborar esa historia, de que ellos me han abandonado aquí?

—No lo harán —bufó Vhan mientras negaba con la cabeza—. Recuerda que han dicho que no intervienen en los problemas del universo, sólo desean ver hacia dónde conduce todo.

—Así es, señor Vhan, pero estas acciones han puesto en peligro a nuestras gentes y debemos solucionarlo. Aún no estamos dispuestos a sacrificar todo lo que hemos construido. No ha llegado el momento… —Respondió este dejando aquellas últimas palabras en el aire. El mercenario le miró, totalmente desconcertado—. Lo haremos. Solo necesitaríamos modificar los registros de las naves entrantes y salientes. Aunque lo más importante es que estén dispuestos a creernos.

—Decidido. Hasta ahora vosotros dos os habéis puesto en peligro y me habéis salvado de todo los que me perseguían. Ahora es mi turno. —Se arrancó el collar con un fuerte tirón y se lo entregó a Vhan, que lo cogió sin mucho entusiasmo, aún descolocado ante lo que estaba pasando—. Les diremos que me dejasteis aquí hará cinco o seis horas, para que así no intenten buscaros. Esperad a que no haya peligro y saltad. Arreglad las antenas y terminad el trabajo, reclamad el sistema.

—No voy a hacerte cambiar de opinión, ¿verdad?

El mercenario miró a la mujer y pudo ver en sus ojos la determinación que tenía, comprobando que estaba totalmente decidida a realizar lo que había dicho. Suspiró con fuerza, entristecido por aquella situación. No quería que Ges se sacrificara de aquella manera, pero también sabía que era la única opción que tenían para seguir adelante.

—Está bien, no me gusta en absoluto, pero tampoco puedo detenerte. Es tu decisión. Nosotros nos encargaremos del resto.

—Gracias, Vhan.

—Por favor, acompáñeme —anunció el sumo sacerdote, alzándose de su asiento al tiempo que el resto de los presentes hacía lo mismo—. Llamad al capitán Sháhng e informadle de que le entregaremos a la mujer y que la nave que la ha traído se ha ido hace seis horas. Una vez hecho esto, que los del registro hagan las modificaciones pertinentes. Si alguien pregunta, decidle que es una orden mía.

—Sí, sumo sacerdote, así se hará —dijeron al unísono, abandonando uno a uno la sala.

—Ustedes espérenme aquí. Cuando todo haya terminado y ya no haya peligro, les vendré a buscar.

Vhan observó a través de aquel ventanal cómo una nave de transporte se alejaba de la estación a toda velocidad en dirección al crucero de la Federación, que se mantenía amenazante a menos de un kilühn de ellos. Tidux, que se encontraba tras él, observaba el rostro triste y lleno de furia de su compañero a través de su reflejo.

—Ahí va… ¿Por qué le hemos permitido que lo hiciera?

—No había otra manera, estábamos contra las cuerdas. Si no se entregaba los gujuros habrían abierto fuego contra la estación. Al menos, ahora tenemos una oportunidad para conseguir lo que quería.

—Lo sé, Tidux, lo sé —afirmó el mercenario mientras colocaba una mano sobre el frío ventanal—. Pero… Estoy cansado de perder a mis amigos.

La compuerta se abrió con un ligero zumbido, haciendo que los dos mercenarios se volvieran con rapidez. Kän se encontraba en el umbral, apoyado sobre su gran bastón, mirándolos con sus pequeños ojos grisáceos. El mercenario pudo distinguir el agotamiento en el rostro de aquel ser y ver que las arrugas que surcaban su cara parecían ahora mucho más pronunciadas que antes.

—Ya se han ido. Nos ha costado hacerles creer que la habían abandonado aquí. Hasta que no les hemos enseñado los registros modificados no se fiaban de nosotros. Pero, a fin de cuentas, por qué íbamos a mentirles —dijo con una gran sonrisa.

—Sabía que esto iba a pasar, ¿verdad? —Preguntó Vhan, estudiando los movimientos del sumo sacerdote—. Dijo que Ges tenía muchas vidas en sus manos.

—Había visto esa posibilidad, y se ha cumplido.

—Entonces dígame, si nos vamos de aquí y llegamos al sistema perdido, ¿conseguiremos tomarlo para los humanos?

—Hay muchos resultados posibles. El futuro aún no está escrito y cada paso que den puede llevarles a un final diferente. Solo uno puede hacerse real. El resto, simplemente, desaparecerá en las olas de la probabilidad.

—Pues tendremos que transformar ese posible final en una realidad —anunció Vhan, volviéndose hacia el cristal y observando cómo el crucero desaparecía en un instante al saltar hacia alguna localización desconocida.

7. El sacrificio

Sháhng avanzaba con determinación a través de los pasillos de su crucero de combate. Sus pasos metálicos resonaban sobre los corredores, entremezclándose con los sonidos de la nave y de las voces del resto de tripulantes que se movían de un lado para otro realizando sus tareas.

—Capitán. —Saludaron los dos soldados que custodiaban la entrada de uno de los camarotes, poniéndose firmes.

—Abran la puerta, tengo que hablar con la prisionera.

El gujuro que se encontraba junto al panel de control se volvió con rapidez y apretó una combinación de botones, haciendo que la puerta se abriera con un rápido zumbido, dejando ver el oscuro interior del compartimento. El capitán dio un paso y se adentró en la sala antes de que la compuerta volviera a cerrarse.

Solo la débil iluminación purpúrea que se colaba a través de la pequeña ventana del camarote rompía la negra oscuridad de la estancia. Junto a esta, y recortada por la propia luz de la nube de salto, se encontraba Ges, observando el exterior con tristeza, tratando de distinguir algo más allá de aquel muro que la retenía.

—Señorita Gesandaryan, soy el capitán Sháhng. Soy el oficial de más alto rango de esta nave y comandante de la flota de la Federación de Comercio y Transporte, teniendo bajo mi mando los tres cruceros de combate que ha podido ver cuando era escoltada hacia aquí. —Ella hizo caso omiso a su interlocutor y siguió mirando hacia el exterior—. Confío en que la hayan tratado bien y comprenda que no queremos hacerle daño alguno.

—¿Qué es lo que quiere? —Preguntó sin titubear, intentando demostrar que todo aquello no le afectaba.

—Información, solo necesito que responda correctamente a las preguntas que tengo para usted. Es algo sencillo. Mientras me cuente lo que necesito, seremos amigos, pero si no lo hace —anunció, agravando su voz y haciendo que tomara un tono amenazador—. Bueno, digamos que hay otras maneras para conseguir lo que quiero…

Ges sintió un escalofrío recorrer su espalda mientras su corazón se aceleraba por momentos. El miedo trataba de apoderarse rápidamente de ella. A pesar de ello, se volvió hacia el comandante de la Federación, intentando ocultar el pavor que sentía, y miró fijamente aquel casco oscuro que llevaba incrustado en la propia piel.

—Sigo sin entender qué quiere de mí. Solo soy una simple humana —dijo ella, haciendo acopio de todas sus fuerzas con la esperanza de ocultar la verdad bajo sus palabras.

—Eso lo juzgaré yo —comentó secamente el capitán—. Puede empezar por explicarme qué ha pasado con el grupo de mercenarios con el que viajaba.

—Ya os lo he dicho en la estación espacial. Después de la persecución en Lardalan, y habiendo esquivado por poco vuestros cruceros en Rhesa, los dos mercenarios decidieron que era una amenaza para su forma de vida. Así que decidieron dejarme ahí.

»Me habían salvado en mi estación, pero el capitán se había estado arrepintiendo de ello desde el primer momento, como me lo hizo saber durante todo el viaje.

—Y dígame, si realmente resultaba una carga para ellos, ¿por qué no la dejaron en Lardalan?

—Lo intentaron, pero cuando aparecieron vuestras tropas tuvimos que abandonar rápidamente la estación. A pesar de nuestras diferencias, los dos somos humanos. Da igual lo que pase, nos ayudamos unos a otros. Es algo que hemos tenido que aprender por la fuerza. Por eso no iban a dejarme en algún sitio donde pudieran hacerme daño, aunque eso significara que debiera acompañarles durante más tiempo.

—¿Está segura de que mis hombres querían hacerle daño? Según el informe que se me presentó después, fueron los mercenarios los primeros en abrir fuego.

—No sé quién abrió fuego —anunció ella con la voz ligeramente quebrada—. Solo sé que todo el mundo me persigue, y yo no he hecho nada malo.

—¿A qué se refiere? —Preguntó Sháhng, curioso ante las palabras de la mujer.

—Todo empezó porque el mercenario me salvó la vida en la estación de Pykek de las manos de unos hombres que querían cogerme. —Ges hablaba con lentitud. Había estado pensando en qué historia debía contar desde el momento en que había sido escoltada hacia el crucero de la Federación—. Me decían que les entregara una información o una memoria, no lo sé, no llegué a comprender lo que querían. Estaba totalmente aterrada, amenazaban con matarme.

—¿Entonces usted nunca ha tenido esa información?

—No. Sigo sin saber a qué información se refieren o qué querían de mí. Nunca he tenido nada de nada. Por lo que me explicó Vhan, el hombre que me salvó, muchos tratantes de esclavos se inventan cargos o crímenes para poder conseguir así humanos con los que después traficar. Parece ser que se hace continuamente, es algo que se debería vigilar —comentó ella, tomando fuerza y tratando de llevar el tema de conversación a su terreno.

—¿Me está diciendo entonces que los datos que había sobre usted y, por los que la hemos estado persiguiendo, son falsos?

—Así es, yo solo intentaba huir de aquellos tratantes de esclavos. No sé qué pensaban que tenía o podía hacer, pero es mentira. Soy una simple mujer que nunca ha hecho daño a nadie.

La estancia quedó en completo silencio, dejando que las palabras de Ges desaparecieran, creando una tensión entre los dos individuos que aumentaba a cada segundo.

—Ya veo… —Anunció finalmente el comandante de la Federación, inclinando la cabeza ligeramente hacia un lado, como si estuviera analizando a la mujer a través de su casco totalmente opaco—. Si es así como dice, ¿podría explicarme por qué tengo registros de que usted y su familia recuperaron una sonda humana que tenía más de quinientos años? —El rostro de Ges se contorsionó al escuchar aquello—. También sé que pocos días después estuvo buscando información en la biblioteca de la estación sobre sistemas solares, la soberanía de las diferentes razas, alinum, su extracción y, si no recuerdo mal, cómo reclamar un planeta o sistema, así como las leyes que lo regulan. ¿Me equivoco, o es que esa persona tampoco es usted?

No hubo respuesta por parte de la mujer, simplemente se quedó en silencio, mirando a su interlocutor mientras su corazón parecía estar a punto de salírsele por la boca.

—Creo que me ha estado mintiendo hasta ahora, que todo lo que me ha dicho se lo ha inventado para ocultarme lo que sabe. Pero no voy a enfadarme, al contrario, seré compasivo y le daré la oportunidad de retocar su historia para que se adapte a la verdad.

—Es cierto que recuperamos una sonda muy antigua que había sido lanzada por nuestros ancestros, pero estaba dañada y era imposible recuperar alguna información de ella. Solo era chatarra. Lo de la biblioteca fue solamente curiosidad. En la estación de

Pykek cuido de unos niños y les ayudo a entender el universo que les rodea, solo trataba de completar sus próximas lecciones.

—¿Usted cree que soy estúpido?

—No, no le he mentido, es la verdad.

—Sé que ha descubierto alguna cosa relacionado con el alinum y, como comprenderá, no puedo dejar que alguien como usted ponga en peligro mi raza o el imperio comercial que hemos creado en la galaxia.

—No tengo nada más que decir—concluyó Ges, aún sabiendo lo que aquellas palabras podían significar.

—Veo que no se ha tomado esto con la misma seriedad que yo, pero no se preocupe, hay otras maneras de que me diga la verdad —Sháhng se volvió hacia la puerta y colocó su mano sobre el panel de control, haciendo que esta se abriera—. Se arrepentirá de no haberme dicho lo que quería saber. Volveré dentro de poco y obtendré lo que necesito.

Cuando la puerta volvió a cerrarse, las piernas de Ges cedieron, cayendo de rodillas contra el frío suelo de metal. Las lágrimas no tardaron en abrirse paso por su rostro mientras su respiración se tornaba errática. Había aguantado hasta aquel momento, pero sabía que ahora venía la parte dura y que le tocaba mantenerse firme si quería que sus amigos consiguieran llegar al sistema desconocido.

Vhan revisó los datos que emergían de los monitores auxiliares, comprobando que todos los sistemas de la nave funcionaban correctamente y no se habían dañado o sobrecalentando con el esfuerzo del salto. La representación de la nave se movía con extrema rapidez sobre el mapa estelar que tenían en el proyector holográfico, señalando que se encontraban ya muy cerca de su destino.

—Quiero que lo primero que hagas cuando lleguemos al sistema sea un barrido en busca de los cruceros de la Federación.

—¿Crees que nos estarán esperando? Nuestros datos de salto deberían quedar camuflados debido a la nube de asteroides; y nosotros poseemos el collar, las probabilidades de que nos estén esperando son de…

—Tú haz lo que te digo, ¿entendido? —Interrumpiendo al robot—. Ges también conocía el lugar, sin necesidad de tener la memoria en su poder.

—¿Cómo es posible? —Preguntó Tidux, volviéndose hacia su compañero, que miraba la intensa nube que rodeaba la nave.

—Antes de llegar a Xryred, mientras le enseñaba a pilotar la nave y el uso de los diferentes paneles de control, le mostré dónde se encontraba nuestro destino tras haber aplicado todos los correctores y las desviaciones planetarias necesarias. Conoce la localización exacta del sistema.

—Si es así, y ellos están allí, significará que ella…

—¡Lo sé! —Exclamó Vhan, soltando los mandos con furia y mirando al robot. Sus ojos artificiales estaban clavados sobre él, mirándole con una extraña seriedad a pesar del rostro sin expresión que poseía. El mercenario soltó un largo suspiro, tratando de calmarse—. Lo sé muy bien, Tidux, no importa lo digas.

El robot no dijo nada tras aquellas palabras, dejando que el sonido del motor invadiera la cabina de mando. Los sistemas destellaban en diferentes colores a medida que cada uno realizaba sus propias comprobaciones mientras la idea de que los cruceros de la Federación les esperaran tras llegar al sistema se apoderaba de la mente de Vhan. Finalmente, tras varios minutos en un completo silencio, el androide dijo:

—Sistemas revisados y operativos. Los amortiguadores de inercia para contrarrestar la salida del salto están activados.

—Ya deberíamos estar a punto…

En ese instante, antes de que Vhan terminara de hablar, la nave sufrió una ligera sacudida y la gran aceleración disminuyó con rapidez al tiempo que la nube de salto se disipaba y aparecía el oscuro espacio a su alrededor. Tidux se apresuró a analizar el radar y los monitores auxiliares.

—No detecto señales de agujeros de salida ni de ninguna nave enemiga en los alrededores. Parece ser que este sector está completamente vacío.

—Muy bien. Sigue atento al radar y a cualquier indicio de peligro —ordenó el humano mientras analizaba el mapa que tenía delante—. Aunque preferiría analizar el sistema solar de nuevo antes de empezar a movernos en él, no podemos perder tiempo. Voy a basarme en los antiguos datos de la sonda para establecer un rumbo hacia el cinturón de asteroides y poder dejar nuestra carga. Esperemos que nada haya cambiado en este tiempo.

—Estableciendo contacto con las antenas, iniciando secuencia de encendido —anunció el robot, totalmente concentrado, tecleando en la computadora central—. Primera señal correcta, segunda señal… Activada. Parece que no hay ningún problema con el encendido. Una vez las hayamos soltado, tendremos que alinearlas con la base de comunicaciones.

—Lo sé. Habrá que descender a uno de los planetas para poder establecerla y enviar la información desde allí. Aunque primero vamos a necesitar los datos actuales del sistema para corroborar el reclamo.

—Lanzaré las sondas para que empiecen a recopilar los nuevos datos —anunció su compañero, apretando con uno de sus dedos de metal la pantalla que tenía a su derecha. Un chirrido recorrió toda la nave antes de que los pilotos pudieran ver un grupo de esferas metálicas que se movían rápidamente a su alrededor. Estas se detuvieron por un instante, centrándose en los diferentes planetas del sistema antes de desaparecer en el interior de una nube de microsalto.

—¿Cuánto tiempo necesitamos para obtener toda la información necesaria? —Preguntó Vhan al tiempo que marcaba su próximo destino, un punto cercano a la nube que rodeaba el sistema.

—Estipulo que en una hora tendremos las suficientes lecturas para el reclamo. Luego necesitaré unos minutos para revisar y comprimir todos los datos que hayamos conseguido.

—Entendido. Yo cuento que tardaremos unos cincuenta para colocar las dos antenas en la parte exterior del cinturón de asteroides y otros diez o quince para establecer la base de comunicaciones en el planeta. Si todo va bien, podríamos terminar ambas cosas, la instalación de las antenas y la recopilación de la información casi al mismo tiempo. Luego, solo tendríamos que enviar el reclamo. ¡Así que vamos, no hay tiempo que perder, pongámonos manos a la obra!

Tidux soltó con cuidado las cinchas que sujetaban la antena a la bodega de carga, quedándose a un par de centühns del suelo debido a la ingravidez. Habían desactivado la gravedad artificial del lugar y abierto la compuerta de la nave para poder lanzar aquel objeto al espacio exterior. El robot, que seguía aferrado al suelo gracias a la imantación de sus pies, empujó con lentitud la antena hacia la salida, atravesando el umbral y mezclándose con el muro hecho con infinidad de rocas de todos los tamaños.

Aquel aparato se alejó lentamente de la nave, atravesando la muralla que protegía el sistema antes de que los propulsores integrados a la estructura se encendieran y la antena se recolocara, haciendo que el reflector principal quedara apuntando hacia el espacio profundo.

La compuerta se cerró con rapidez, dejando todo el lugar iluminado por las luces estroboscópicas y de las pantallas que había colocadas a lo largo de la bodega, en las que se podía leer la frase, escrita en una tipografía roja: "*restableciendo atmósfera*". En ese momento, una fuerte corriente de aire comenzó a invadir el compartimento, haciendo que la barra de progreso que había debajo de aquellas palabras se moviera con lentitud.

Finalmente, tras un largo minuto de espera, la pantalla se tornó verde y un ligero sonido indicó que aquella parte de la nave volvía a estar conectada con el resto. Tidux abrió la compuerta y avanzó hacia la cabina de mando.

—Segunda antena lanzada y posicionada —le dijo a Vhan, que ya había corregido el rumbo, dirigiéndose de nuevo hacia el interior del sistema solar.

—Ahora solo necesitamos los datos de las sondas —comentó el mercenario, que no podía ocultar la emoción que sentía en aquel momento—. Voy a dirigirme al cuarto planeta para colocar ahí la base de comunicaciones, ¿está todo preparado?

—Sí, todo el material que necesitamos para transmitir desde la superficie está dispuesto.

—Perfecto —indicó este al tiempo que accionaba las palancas de salto y la nave se adentraba con un ligero zarandeo en el interior de la nube—. Por lo que he podido ver en los paquetes de información de las sondas es que sigue sin haber rastro de vida o de inteligencia que pudiera negarnos el reclamo.

—Eso son buenas noticias —comentó Tidux, analizando la información que discurría rápidamente por las pantallas—. Parece que tampoco se aprecian señales de que otras razas hayan cruzado este sistema, al menos, en mucho tiempo.

—No, nadie sabía de su existencia. Hasta que no hemos llegado nosotros era un sector inexplorado. Me pregunto cuántos sistemas como este quedarán todavía en la galaxia —reflexionó Vhan al tiempo que la nave disminuía su aceleración y un enorme planeta acuoso aparecía frente a ellos a medida que la nave volvía al espacio conocido.

—Ya hemos llegado a nuestro destino —anunció el robot.

—No sabes cuánto echaba de menos los viajes rápidos a través de un mismo sistema solar —dijo Vhan, sonriendo—. Estaba ya cansado de tanto viaje de un lado al otro de la galaxia.

Súbitamente, un fuerte pitido resonó en la cabina de mando, sobresaltando al mercenario y haciéndole buscar rápidamente en el horizonte al culpable de aquella señal, pues conocía perfectamente a que se debía.

—¡Tres señales en el radar! —Exclamó Tidux, comprobando el proyector holográfico y revisando los datos que emergían alrededor de aquellos tres puntos que ahora brillaban en el dispositivo—. Tamaño ocho. Identificadores de la Federación.

—Ya están aquí —murmuró Vhan al distinguir cómo las tres nubes de salto que acababan de aparecer en el espacio frente a ellos desaparecían lentamente y dejaban ver a los cruceros de combate—. Sabía que no iba a ser tan fácil…

—¡Están cargando las armas, nos apuntan!

—¡Abre un canal! —Ordenó al instante, haciendo que Tidux se apresurara a apretar los botones necesarios para establecer una conexión directa con la nave capital. El casco del comandante de la Federación apareció en la pantalla—. Capitán Sháhng, me alegro de verle. Como puede observar en su radar, ya hemos instalado nuestras antenas y las sondas de reconocimiento han enviado los datos. Ordene que desactiven las armas o apretaré este botón y lanzaré nuestro reclamo a la galaxia.

—Dudo que fuera capaz, nuestras armas lo fulminarían antes de que pudiera hacerlo.

—Si quiere probarme, dispare, veremos quién es más rápido —dijo Vhan con arrogancia mientras miraba el negro casco. Aunque no podía verle los ojos, sabía que se estaban midiendo.

—Muy bien, veo que quiere jugar, juguemos entonces. Desconectad el armamento —ordenó el comandante de la Federación, volviéndose por un segundo para mirar hacia algún lugar de la sala que aparecía tras él en la pantalla.

—Armas desactivadas, ya no nos apuntan —informó Tidux.

—Ahora hablaremos de su rendición y de la entrega de toda la información perteneciente a este sistema —anunció Sháhng, disfrutando de cada una de las palabras que pronunciaba.

—No veo porqué debería rendirme, capitán. Nosotros hemos llegado antes y, por tanto, tenemos el derecho a reclamar este sistema.

—Puede que sus bravuconadas le sirvan en las tabernas para conseguir una copa gratis, pero por si no se ha dado cuenta, está en inferioridad numérica. Lo que puede ver en su radar son tres cruceros de combate de la Federación de Comercio y Transporte que no dudarán en abrir fuego a una orden mía.

—Sí, lo sé, son los mismos que eludí durante el bloqueo a Rhesa hará unos quince días. No veo porqué no podría hacerlo de nuevo —respondió el mercenario, dejando aflorar una sonrisa en su rostro. Sabía que estaba jugando con fuego, pero necesitaba ganar todo el tiempo que pudiera para pensar en un plan.

—Porque sabe que no puede escapar. Creo que ustedes, los humanos, lo llaman: estar entre la espada y la pared. Si se va ahora, antes de recuperar las antenas o reclamar el sistema, será demasiado tarde. Nosotros lo haremos por usted y, hablando de eso… —Comentó, haciendo una breve pausa mientras miraba a los técnicos que había a su izquierda—. ¡Soltad las sondas!

El radar de la nave mercenaria pitó por un instante, indicando que una decena de puntos emergían de la nave capital y realizaban una serie de microsaltos hacia los diferentes planetas del sistema solar.

—Están en clara desventaja. En menos de una hora tendré toda la información necesaria para hacer por mí mismo el reclamo. Así que, ¿por qué no me entregan los datos y terminamos cuanto antes?

—Un momento, tengo que discutirlo con mi compañero —dijo el mercenario, pulsando un botón para enmudecer la cabina, dejando a aquel ser totalmente sorprendido y sin poder escuchar las palabras del humano—. ¿Crees que podríamos saltar?

—No, seríamos un blanco fácil para sus cañones. Antes de que lo hubiéramos conseguido nos habrían volado en mil pedazos. Pero, ¿por qué no nos destruyen? Ya no les somos de utilidad, han enviado las sondas, solo tienen que esperar. Y, aunque le hayas dicho que podríamos enviar los datos antes de que nos dispararan, es mentira.

—Lo sé, pero seguimos teniendo los datos antiguos. Creo que esa es la razón por la que aún seguimos vivos —explicó Vhan, formándose rápidamente un idea de las intenciones de aquellos seres—. Lo más lógico es esperar a conseguirlos y luego modificar algunas fechas y lecturas; de esta manera nadie podría interponerse entre ellos y el reclamo. Aunque nosotros tuviéramos una copia de toda la información de la sonda guardada en algún lado como seguro, ya no tendría utilidad. Y si tratáramos de hacerles frente, ¿quién iba a creer que los humanos hubieran llegado antes a este lugar? Esta es nuestra baza para…

Vhan enmudeció al observar a través de la pantalla un rostro hinchado y lleno de suciedad. Su mente tardó un instante en comprender que, bajo todos aquellos golpes, sangre y lágrimas se encontraba el rostro de Ges. El capitán Sháhng la tenía agarrada por la nuca, consiguiendo que esta no pudiera moverse al tiempo que apretaba los dientes debido al dolor que le causaba la mano metálica que la retenía. El mercenario volvió a pulsar el botón para dejar de nuevo la comunicación abierta entre ambas naves.

—¡Suéltala ahora mismo!

—Parece que he llamado su atención. Bien… —dijo este, abriendo la mano y liberándola. Ges mantuvo el equilibrio a duras penas—. ¿Qué le parece si hablamos de un intercambio? La chica, por los datos que tienen de la antigua sonda.

—¡No lo hagáis, no se los deis! —Gritó ella con toda la fuerza que pudo reunir antes de que Sháhng la golpeara con el dorso de la mano, tirándola al suelo.

—¡Bastardo! —Exclamó Vhan, que se removió en su asiento con impotencia, sintiendo como las uñas se le clavaban en la palma de la mano debido a la fuera con la que apretaba los puños.

—¿Qué me dice, tenemos un trato? —Preguntó este, no hacía falta ver su cara para saber que estaba sonriendo—. Sabe, Gesandaryan me ha contado muchas cosas de ustedes dos. Y estoy seguro de que no querrán que la mate, ¿verdad?

—No lo hagáis por mí —suplicó ella entre dientes desde la parte inferior de la pantalla.

El capitán, al escucharla, se agachó y la cogió de nuevo por la nuca, apretando con fuerza, alzándola frente a él para que los dos mercenarios pudieran verla. Ges miró hacia la cámara y, entre dientes, dijo:

—Vhan, por favor, no lo hagas.

—No tengo otra opción, ha sido culpa mía —murmuró el mercenario, bajando ligeramente la mirada para no ver aquel rostro. Se sentía responsable de todo aquello. A pesar de que había sido elección de Ges, ahora sabía que tenía que haberla detenido y haber buscado una manera diferente de escapar de todo aquello—. El trato es el siguiente, yo te doy la información y tú me das a Ges. Os quedáis con el maldito sistema y permitís que nos vayamos. ¿Entendido?

—Veo que al final su amiga me ha estado contando la verdad. Es usted una persona sensata y razonable al fin y al cabo —dijo este, victorioso—. Aunque también es una lástima… Pero no voy a quejarme. Muy bien, tenemos trato. Acérquese a nuestra nave, aterrizarán en el hangar principal y serán conducidos hasta la cubierta de mando por mi tripulación. Pero le advierto, si hace cualquier movimiento extraño o que creamos que puede ponernos en peligro, no dudaremos en volarle en pedazos.

—Ojalá se os atragante el puto sistema —anunció Vhan, cerrando la comunicación con un golpe de su puño.

—¿Vamos a entregarle los datos? —Preguntó Tidux, volviéndose hacia su compañero.

—Tenemos pocas opciones. Ese desgraciado tiene razón, estamos entre la espada y la pared. Nuestras posibilidades son mínimas, pero ahora necesito que te pongas manos a la obra.

—¿Tienes un plan? —El robot vio una sonrisa maliciosa aparecer en el rostro de Vhan mientras este observaba el crucero de la Federación a lo lejos.

Los dos mercenarios avanzaban por los corredores de la inmensa nave espacial vigilados en todo momento por media docena de fusiles que les instaban a continuar adelante. Ninguno de los dos prisioneros había vuelto a decir nada desde que habían aterrizado en el hangar y se habían topado con los soldados que ahora les conducían hacia la cubierta del capitán. Simplemente se limitaban a mirar cualquier pasillo que se bifurcaba del principal con la esperanza de encontrar en él una salida.

—Hemos llegado —informó uno de los guardias, deteniéndose frente a una gran puerta de metal. Colocó su mano sobre el panel lateral que había a su derecha y la sala de control se abrió ante ellos con un suave susurro.

Vhan observó con rapidez aquel espacio; tenía cuatro veces el tamaño de su propia nave y, a pesar de la gran cantidad de gujuros que había moviéndose de un lado para otro, la sala estaba casi en completo silencio. Solo se conseguía oír el zumbido procedente de las innumerables computadoras que decoraban todo el lugar y desde las que se controlaba el crucero.

En el centro, sobre una plataforma circular de dos ühns de ancho y elevada del piso casi medio más, se encontraba la silla en la que descansaba el capitán Sháhng. Junto a este, en el suelo y hecha un ovillo, estaba Ges, que miraba con ojos tristes a los dos mercenarios que acababan de llegar.

—Sed bienvenidos a mi nave, Khálsnur, uno de los cruceros más avanzados que la Federación de Comercio y Transporte tiene en estos momentos —anunció el capitán, alzándose de su asiento y acercándose al grupo mientras abría los brazos, invitándoles a que miraran aquella obra de ingeniería—. Me alegra ver que han decidido aceptar mi propuesta.

—¡Déjate de gilipolleces! —Exclamó Vhan, rebuscando en uno de los bolsillos de su chaqueta y sacando la memoria portátil—. ¡Aquí está lo que buscas, ahora danos a Ges!

—¡No, Vhan, no lo hagas! —Suplicó ella desde el suelo antes de ser levantada por Sháhng.

—Señorita Gesandaryan, no sea así. Mire lo que han hecho, han venido a por usted, debería estarles agradecida —anunció este antes de lanzarla contra el mercenario, que la agarró en un fuerte abrazo, impidiendo que perdiera de nuevo el equilibrio y cayera al suelo.

—¿Estás bien? —Preguntó el mercenario al alejarla ligeramente de él para examinarla. A pesar de los golpes y del dolor que sentía en todo el cuerpo, ella trató de sonreírle y asentir.

—Ahora —dijo el capitán, llamando la atención de los dos humanos—. Entregadme la memoria.

—Por favor, no se la des, nos matarán.

—No tengo más opción, Ges —anunció Vhan, alzando la mano que la sostenía hacia el capitán de la nave.

—Buena elección, humano —comentó este, estirando la suya para cogerla. La agarró y la miró por un segundo, disfrutando de cada segundo que pasaba al tenerla por fin en su poder.

—¿Por qué lo has hecho? —Preguntó la mujer entre lágrimas, examinando a su compañero, que seguía agarrándola con fuerza mientras su rostro, serio y tenso miraba a su adversario.

—No te separes de mí —musitó él entre dientes para que los gujuros que lo rodeaban no le oyeran—. Cuando te dé la señal, tírate al suelo.

Ges lo miró sin comprender a qué se estaba refiriendo su compañero, pero no le cabía duda de que tras aquellas palabras se escondía algún tipo de plan. Se limitó a asentir con lentitud y, aún aferrada a él, se volvió para ver al capitán Sháhng entregar el dispositivo a uno de los gujuros uniformados. Este se alejó para insertarlo en una de las computadoras cercanas.

—Vamos a comprobar que nos ha dado la información que les hemos pedido antes de modificarla y reclamar este sistema para nuestro grandioso imperio.

—Es la información que buscan, se lo aseguro —anunció el mercenario, asintiendo—. Ahora nos iremos.

—Lo siento, pero saben demasiado. No puedo dejar ningún cabo suelto —dijo el comandante con voz fúnebre, haciendo que el miedo se apoderara de Ges.

Las pantallas se iluminaron con decenas de líneas de código mientras se terminaba de cargar la información. Toda la tripulación que había en la sala de control estaba atenta, impaciente por ver el resultado de esos datos. El comandante de la Federación miró victorioso a los prisioneros, pero en ese momento sintió un extraño escalofrío. Esperaba que, al pronunciar que aquello era su final, el miedo a la muerte atormentara a los dos humanos. Pero al contrario que la mujer, el rostro de Vhan se mantenía impasible, es más, estaba sonriendo.

—¡Detened la carga! —Exclamó este, haciendo que todos los gujuros presentes se volvieran hacia su capitán, desconcertados.

Súbitamente, las pantallas parpadearon por un segundo antes de quedarse congeladas con la imagen de la última tarea que estaban llevando a cabo.

—¿Qué…

—¡Tidux, ahora! —Gritó Vhan antes de que Sháhng terminara su pregunta y las luces de la sala de control se apagaran.

El mercenario agarró con más fuerza a la mujer, agachándose al tiempo que una intensa onda expansiva asolaba aquel lugar, lanzando a los soldados de la Federación más cercanos, al igual que a su comandante, por los aires.

Antes de que las luces de emergencia se volvieran a encender y de que los presentes se dieran cuenta de qué pasaba, los mercenarios ya estaban huyendo de la sala de control. Vhan se había levantado del suelo con suma rapidez y ayudado a Ges, a quien ahora arrastraba tras de sí mientras seguían los pasos del robot. Tidux, que tras la onda aturdidora había cogido las pistolas de dos soldados derribados, corría por el pasillo por el que habían venido, alejándose de la cubierta de mando.

—¿Te encuentras bien? —Preguntó Vhan, tratando de mantener el ritmo de su compañero de metal y haciendo que la mujer pareciera flotar tras él.

—Sí… Sí, estoy bien —respondió ella con lentitud. Sus palabras dejaban entrever el verdadero dolor que sentía—. ¿Qué era eso, qué les has dado?

—Un virus. Era un trabajo que no pudimos entregar y nos lo quedamos —explicó el mercenario. Aunque trató de sonreír, no pudo. Debía centrarse en correr tras el androide, que se movía como pez en el agua a través de los corredores iluminados ahora en tono rojizo—. Tidux, ¿estás seguro de que vamos por buen camino?

—Al cien por cien, he registrado todo el recorrido desde el hangar hasta la cabina de control —anunció sin dificultad antes de torcer hacia la derecha y disparar las armas que había robado contra un soldado que se encontraban frente a una compuerta, custodiándola—. Vamos, meteos en el ascensor.

Ges fue la primera en entrar, seguida de Vhan, que acababa de recoger la pistola del soldado abatido y, finalmente, Tidux, que desmontó de un golpe el panel de control del elevador, dejando a la vista una maraña de cables.

—¿Conseguirás que funcione? —Le preguntó el humano.

—Sí, solo tengo que puentearlo, así el virus no le afectará. Necesito desconectarlo de la red central —indicó su compañero metálico, que ya había desmontado algunos de los cables de sus relés originales.

—¿Qué es ese virus? —Preguntó Ges, retomando el aliento.

—Teníamos que llevarlo a un contacto. Era un simple trabajo de recogida y entrega, pero cuando llegamos ya habían pillado al que le teníamos que dar el programa. Así que nos lo quedamos creyendo que nos serviría para escapar de algún apuro.

—Ha demostrado ser una buena idea —concluyó el robot.

—No cantes victoria, aún no hemos conseguido salir de aquí.

Antes de que sus palabras desaparecieran, Vhan dio un paso hacia delante al tiempo que disparaba contra un gujuro que acababa de aparecer por el pasillo, dispuesto a arremeter contra los fugados. El proyectil impactó contra el torso de aquel ser y le abrió un agujero del que comenzó a manar un espeso y negruzco líquido, más parecido al aceite que se usaba en los motores de las naves que a sangre. Antes de que este hubiera caído al suelo, otros dos gujuros se habían parapetado tras las esquinas del corredor, descargando sus armas contra ellos.

El mercenario empujó a Ges hacia un lado un segundo antes de que uno de los proyectiles de plasma la hiriera, chocando ahora contra la pared del ascensor donde antes había estado su cabeza.

—¿¡Cuánto te queda!? —Gritó, tratando de hacerse oír sobre los disparos de las armas que ahora resonaban por todo el lugar.

A modo de respuesta, la puerta del ascensor se cerró con un ligero susurro. A pesar de ello, los impactos de los proyectiles seguían resonando sobre el metal, que cambiaba rápidamente de color al deformarse debido a las altas temperaturas del plasma. De pronto, el elevador dio una sacudida y se desplomó hacia el interior de la nave. Los números del panel que indicaban la cubierta se movían a toda velocidad.

—¿Por qué vamos tan rápido? —Preguntó la mujer entre dientes, pues le costaba abrir la boca debido a la aceleración a la que estaban sometidos.

—He desactivado los frenos de inercia del ascensor para ir más rápido —informó el robot.

—¡Nos vamos a estrellar contra el fondo! —Gritó, dejando que el terror se apoderara de ella al imaginarse aquel final.

—Tranquila, ahora los volveré a activar, habremos ganado un poco más de tiempo.

A pesar de los gritos de Ges, Vhan no le prestaba la mínima atención. Estaba apoyado contra la pared del ascensor, revisando el arma con tranquilidad. La instrucción militar y sus años de mercenario le permitían mantener la calma y analizar los acontecimientos que sucedían a su alrededor.

Hasta aquel momento las cosas habían salido según el plan. Sabía que el comandante de la Federación no les permitiría salir de la nave con vida, pero, que antes de matarles, analizaría los datos de la memoria para comprobar su validez. Y aquello había sido su perdición. El virus que habían conservado como un seguro les había abierto las puertas a la libertad, pero ahora debían cruzarlas y, para ello, necesitaban salir del crucero.

El mercenario alzó la mirada hacia la joven y habló de forma pausada para que comprendiera la gravedad de la situación.

—No sabemos qué nos vamos a encontrar cuando se abran las puertas. Así que quiero que te quedes detrás de nosotros hasta que sea seguro, ¿entendido? —Ges asintió con lentitud—. Una vez hayamos comprobado que está despejado, correrás hacia la nave y la encenderás mientras Tidux abre las compuertas del hangar y yo le cubro. ¿Queda claro?

—Sí, me quedaré detrás de vosotros y correré hacia la nave para prepararla en cuanto me digáis —repitió ella con obediencia.

—Una vez se abran las compuertas del hangar, si ves que estamos rodeados, no nos esperes. Sal de aquí, dirígete al planeta que hay bajo nosotros y envía la información que tenemos. Las sondas deberían haber terminado de recopilar los nuevos datos del sistema. Tendrás que montar la base de comunicaciones y reclamar el sistema, ¿podrás hacerlo?

—Pero…

—Este crucero estará desactivado, al menos, unos veinte minutos. Dudo que puedan eliminar el virus fácilmente y, seguramente, los otros dos no se darán cuenta de lo que hemos hecho hasta que sea demasiado tarde.

—Pero…

—No, no te preocupes por nosotros, termina el trabajo que tú misma nos encomendaste —anunció Vhan con una seriedad total que no dejaba posibilidad de réplica.

Aquel ascensor se tornó opresivo mientras los dos humanos se miraban. Ges quería gritarle que no pensaba hacerlo, que no iba a dejarlos ahí, que no pensaba sacrificar a sus salvadores para que ella escapara, pero era incapaz de decir nada. Los ojos del mercenario, fríos y amenazantes, le instaban a seguir las órdenes que le habían dado.

En aquel momento se dio cuenta de que el hombre que tenía frente a ella estaba dispuesto a sacrificarlo todo, incluso a sí mismo, si con ello cumplían aquella misión.

—Estamos llegando al hangar —anunció el robot, rompiendo el silencio que reinaba en el pequeño espacio—. Activando los frenos.

—¿Listos? —Preguntó Vhan mientras apuntaba hacia las puertas, dispuesto a disparar contra lo que hubiera tras estas. Ninguno de los presentes dijo nada. El ascensor sufrió una sacudida y empezó a perder velocidad. Los frenos chirriaban con fuerza hasta que, finalmente, un débil pitido les indicó que se habían detenido por completo. El mercenario alzó la mirada para ver que la pantalla les señalaba que se encontraban en la cubierta del hangar principal—. ¡Adelante!

La compuerta se abrió con un ligero zumbido al tiempo que dos proyectiles entraban en el ascensor, golpeando el cuerpo de Tidux y provocando un fuerte y agudo sonido. Antes de que el humo se disipara del metal, los dos mercenarios abrieron fuego contra los soldados que había parapetados tras tres grandes contenedores.

—Seguidme —indicó el androide, abandonando la seguridad del ascensor y adentrándose en el hangar, descargando sus dos armas contra los enemigos. Uno de los gujuros no fue lo suficientemente rápido para resguardarse y el proyectil le atravesó el casco, dejando un gran agujero que conectaba los dos lados de la cabeza.

—¡Corre! —Le indicó Vhan a Ges, empujándola detrás del robot para protegerla mientras él cerraba el paso y disparaba contra un grupo de miembros de la Federación que trataban de cogerles la retaguardia—. Ahí está la nave, mantente agachada tras los contenedores y no te detengas. ¡Tidux, cubrámosla!

Los dos mercenarios crearon un muro de proyectiles entre ellos y los soldados de la Federación, permitiendo que Ges pudiera salir corriendo hacia la nave, situada a poco más de cincuenta ühns de ellos. Finalmente, cuando Vhan comprobó que subía por la rampa de la bodega, se volvió hacia su compañero, que seguía avanzando aún con varios impactos en el cuerpo.

—¡Tidux, a la de tres nos movemos hacia la estación de control! —Gritó este mientras se preparaba—. Uno... Dos... ¡Tres!

El mercenario avanzó hacia la posición que acababa de dejar libre el robot mientras vaciaba su arma contra los soldados de la Federación. Antes de cubrirse de nuevo pudo ver cómo uno de aquellos proyectiles de plasma atravesaba sin dificultad alguna el cuerpo de uno de sus enemigos, cayendo inerte sobre el contenedor que había usado como protección.

Mientras tanto, el androide había conseguido avanzar hasta el centro del hangar, eliminando a todos los soldados que se interponían entre él y la estación de control. Tidux entró por uno de los laterales del pequeño puesto.

El gujuro que había en su interior se volvió para arremeter contra el invasor, pero ya era demasiado tarde. El robot lo agarró con su mano derecha y lo alzó del suelo mientras este intentaba liberarse por todos los medios de aquella fuerza mecánica. Pero, antes de que el gujuro pudiera zafarse de Tidux, el robot le rompió el cuello con un rápido movimiento, lanzándolo después contra el suelo.

—¡Date prisa, no podré contenerlos mucho más, son demasiados! —Exclamó Vhan a través del comunicador mientras disparaba contra un grupo de enemigos que trataba de unirse al combate desde una de los pasillos laterales.

—Dame un momento, necesito recuperar el control de las compuertas de sellado. El virus ya ha infectado toda la nave, y tengo que depurar el sistema para que todo vuelva a funcionar.

—La nave está lista —dijo la voz de una mujer a través de los comunicadores de los mercenarios al tiempo que el rugido de un motor se elevaba sobre el sonido de los disparos.

—¡Muy bien, prepárate para partir!

La voz del humano resonó en el hangar al tiempo que este veía cómo Tidux era rápidamente rodeado por los gujuros, que trataban de impedir que accionara los controles del hangar.

Vhan salió de su protección para tratar de cubrir a su compañero, cuando sintió una punzada de dolor a lo largo del brazo derecho que le hizo gritar con todas sus fuerzas. Se agachó de nuevo para cubrirse mientras comprobaba que su hombro desprendía finos hilos de humo y un olor a carne quemada le invadía las fosas nasales. Le faltaban casi cuatro dedos de carne y, aunque gran parte de la herida ya había cicatrizado con el calor del proyectil, algunos puntos aún rezumaban sangre, extendiéndose rápidamente por la ropa y pegándosela a la piel.

—¿Vhan, estás bien? —Preguntó Ges angustiada al oír aquel grito de dolor y distinguir el color carmesí en sus ropas.

—Sí, no es nada —respondió este mientras maldecía por lo bajo. Apretó los dientes y colocó su pistola, todavía caliente, contra la carne.

Un grito gutural emergió de su garganta al cauterizar la herida y cortar la hemorragia. El mercenario se quedó sumido un instante en un extraño sopor mientras oía cómo Ges le llamaba. Con cierta dificultad, le habló:

—Estoy bien. En cuanto las compuertas del hangar empiecen a abrirse, sal de aquí.

—Lo siento, Vhan, pero no voy a irme sin vosotros. Me niego. No estoy dispuesta a dejaros morir aquí. Solo necesito encontrar las armas. —Hubo un leve silencio antes de que el zumbido de los cañones situados bajo las alas indicara que estaban operativos y que apuntaban a los soldados de la Federación—. ¡Aquí están!

El intenso estruendo de las torretas de plasma resquebrajó todo el hangar al tiempo que los gritos de dolor y muerte se elevaban, rompiendo la monotonía que había reinado hasta aquel momento. Algunos gujuros volaron por los aires mientras las llamas devoraban a los menos afortunados. Vhan se volvió hacia la Estrella Oscura y pudo ver la figura de Ges remarcada por las luces de la cabina. A pesar de la distancia que los separaba, creyó distinguir una sonrisa bajo la amoratada cara de la mujer.

—Buen disparo —comentó este. Aunque sabía que había vuelto a perder ante la cabezonería de la mujer, estaba feliz de que hubiera decidido plantar cara y no abandonarles a su suerte.

—Se lo debía —anunció ella con un rastro de furia en su voz—. Ahora daos prisa y salgamos de aquí.

—Un momento, aún no he traspasado los cortafuegos. Dadme un poco más de tiempo.

—Eso es algo de lo que carecemos, Tidux. No paran de venir —respondió el mercenario antes de recoger la pistola con la mano izquierda y descargarla contra dos enemigos que se acercaban desde su derecha.

—Solo necesito teclear unos comandos más —indicó este antes de que el panel de control que manipulaba se iluminara—. ¡Lo conseguí!

Unas luces estroboscópicas, dispuestas a lo largo de todo el hangar, se encendieron al tiempo que una estruendosa bocina resonaba con fuerza sobre las altas paredes, creando extraños ecos por todo aquel espacio abierto. Todos los presentes alzaron su mirada hacia la enorme compuerta que comenzaba a abrirse lentamente, dejando ver el escudo protector y, tras este, el oscuro y frío espacio exterior.

—Voy a bloquear los controles para que no puedan detener la apertura.

—Vamos, date prisa, están llegando refuerzos —informó el mercenario, agachando la cabeza para esquivar los disparos que llegaban desde el otro lado del hangar. Tidux salió de la sala de control momentos después, descargando sus armas contra los miembros de la Federación—. ¡Ges, cúbrenos!

Los cañones volvieron a rugir, creando un gran muro de fuego y protegiendo a los dos mercenarios en su carrera hacia la nave. Estos se movían con rapidez, esquivando los disparos enemigos y cubriéndose tras los objetos que decoraban todo el hangar. Minutos más tarde, los dos subían con rapidez la rampa de la bodega de carga al tiempo que descargaban sus armas contra los miembros de la Federación.

Tras comprobar cómo sus disparos conseguían herir a uno de ellos, Vhan apretó con fuerza el botón que había junto a la compuerta, haciendo que esta comenzara a cerrarse. Se volvió hacia el interior de la nave y gritó para que Ges le oyera:

—¡Vámonos!

Casi al instante, la Estrella Oscura sufrió una ligera sacudida y comenzó a elevarse sobre el hangar, alejándose de los enemigos.

—¿Cómo estás? —Preguntó el mercenario a su compañero, que había sufrido diversos impactos a lo largo de todo su cuerpo, transformando algunos puntos en un amasijo de metal y cables quemados.

—He estado mejor —respondió, mirando al humano, que trató de sonreír ante aquel comentario a pesar del dolor que sentía.

—Voy a ayudar a Ges. Encárgate de revisar que todo el material esté listo y operativo para hacer el reclamo. Si tenemos suerte, los otros dos cruceros nos ignorarán el tiempo suficiente para descender al planeta.

—Entendido, ahora mismo me pongo a ello.

Vhan atravesó la bodega a toda velocidad y saltó los dos escalones de la entrada a la cabina. Antes de que consiguiera llegar a su asiento, la nave atravesó el escudo protector del hangar, regresando al espacio.

—Bien hecho, Ges —anunció este, sentándose en el asiento del copiloto y distinguiendo unos ojos brillantes y vivos entre los golpes y la hinchazón que decoraban todo el rostro de la mujer. Agarró los mandos con suavidad al tiempo que revisaba los informes de los monitores. A pesar de la gran cantidad de disparos que había recibido, la nave no parecía tener ningún daño importante.

—Vhan, quiero… Yo…

—Déjalo, ya habrá tiempo para hablar cuando salgamos de aquí —respondió tajante el mercenario antes de que el radar resonara en la cabina de mando. Vhan dirigió la mirada hacia el proyector y suspiró con pesadez—. Ahora, ve al hangar y ayuda a Tidux a meter todo lo necesario en la cápsula de salvamento.

—¿Qué piensas hacer?

—Haz lo que te digo, por favor. —Aunque desconcertada ante la petición de su compañero, ella asintió y salió de la cabina mientras el mercenario se cambiaba de asiento y apretaba el comunicador de la nave—. Tidux, tenemos compañía. Una veintena de cazas han salido de los otros dos cruceros, parece que no hemos conseguido despistarles. Quiero que cargues todo lo necesario en la cápsula de salvamento. Os lanzaré contra el planeta, desde allí podréis enviar la señal.

—¿Y tú qué piensas hacer? —Preguntó el robot, alzando la cabeza de los instrumentos y mirando hacia uno de los altavoces de la nave.

—Los entretendré, os ganaré todo el tiempo que pueda.

—Pues me quedaré contigo, necesitarás un artillero —dijo Tidux al tiempo que veía a Ges acercarse a él. Pudo sentir las constantes alteradas de la mujer, la respiración errática y ver en su rostro una mezcla de sorpresa, tristeza e incredulidad a partes iguales—. Ges puede hacerlo sola.

—¡No! Ella te necesitará, quiero que la ayudes, ya sabes lo que tienes que hacer.

—Pero…

—Nada de peros, Tidux, es una orden. Poneos a ello inmediatamente, no tenemos tiempo para discutir.

Vhan se ató los cinturones de seguridad con lentitud, quejándose con cada movimiento debido al dolor que sentía en su brazo derecho. Agarró de nuevo los mandos y empujó las palancas de velocidad para tratar de alejarse todo lo posible de aquellos cazas. Sabía que cada minuto que ganara sería importante para que sus compañeros pudieran preparar lo que necesitaban enviar a la superficie del planeta.

Apagó las luces de la cabina y dejó que la oscuridad del exterior se mezclara con los colores de los paneles de control. El radar mostraba más de una treintena de contactos que se acercaban a toda velocidad hacia ellos.

Con lentitud, el mercenario desvió el rumbo, iniciando la aproximación a una órbita baja del planeta que tenían debajo para así poder lanzar la cápsula de salvamento. De pronto, unos pasos le hicieron alzar la mirada de los monitores.

—Ya está todo cargado y dispuesto para el lanzamiento —informó Tidux, quedándose de pie entre los dos asientos.

—Entonces ve con Ges, os lanzaré desde aquí —respondió Vhan, activando rápidamente el panel de control necesario.

—¿Sabes lo que significa quedarte aquí, verdad? —Preguntó el robot, mirando el rostro del humano en busca de una respuesta.

—Lo sé muy bien, Tidux, pero necesito ganaros todo el tiempo que pueda conseguir.

—Si dejaras la nave en piloto automático y vinieras con nosotros…

—No. Los cazas destruirían la cápsula antes de que tocáramos tierra, lo sabes perfectamente —anunció Vhan antes de volver a comprobar la trayectoria de la nave—. Es la mejor manera, es mi elección.

En ese momento, la imagen de Kän, el sumo sacerdote mushon, apareció en su mente, recitando nuevamente las palabras que le había dicho durante aquella comida: "*usted deberá escoger entre dos caminos muy diferenciados, la salvación o la perdición estarán a su alcance y tendrá que elegir, afrontando las consecuencias de cada uno de ellos*". El mercenario dejó aflorar una sonrisa mientras miraba hacia las estrellas más lejanas.

—¿Sabía lo que iba a ocurrir?

—¿Cómo?

—Nada, pensaba en voz alta.

—Puedo quedarme contigo, necesitarás ayuda para repeler a todos esos enemigos —dijo Tidux, observando que los puntos en el radar se acercaban amenazadoramente.

—Tranquilo, déjamelo a mí. Tú ocúpate de cuidar a Ges, ella te necesita más que yo. Y ahora largaos, en poco tiempo los tendremos aquí.

Tidux se quedó quieto en silencio, observando al mercenario revisar todos los indicadores, preparándose para lo que se avecinaba.

—Quiero agradecerte lo que has hecho por mí, Vhan.

—Ahora te vas a poner sentimental, Tidux, ¿de verdad? —Preguntó este, soltando una fuerte carcajada, divertido ante la situación—. Un robot poniéndose sentimental, esto es nuevo…

—Fuiste tú quien me creaste así —reprendió el androide.

—Te equivocas, tú mismo has llegado a este punto —concluyó el mercenario.

Las palabras resonaron en la cabina, haciéndose eco sobre los propios paneles e instrumentos. Tidux fue a debatirle cuando comprendió el significado de aquellas palabras. A pesar de su rostro inexpresivo, sus ojos parecieron brillar con un poco más de intensidad. El mercenario, que observaba su reacción, sonrió.

—Además, querido amigo, después de lo que hemos vivido a lo largo de todos estos años, no creo que sea necesario que nos despidamos uno del otro. Así que lárgate de una vez.

Tidux colocó una mano en el hombro de Vhan para despedirse de él antes de volverse hacia el interior de la nave. Cuando ya había descendido el primer peldaño se detuvo, como si una idea hubiera brotado en su mente.

—Mándales recuerdos de mi parte a todos ellos.

—Descuida, se los daré —respondió su amigo.

En ese momento, mientras el robot volvía a alejarse, una extraña melancolía lo atrapó; como si de un feroz depredador que hubiera estado acechando a su presa se tratara.

Su mente le transportó de nuevo a su antiguo caza de combate, recordándole aquel pasado que siempre había tratado de olvidar y que nunca había conseguido vencer. Una mezcla de sentimientos se iba apoderando de él a medida que veía cómo todo se acercaba rápidamente al final. Pero, a pesar de lo cerca que sentía la muerte, no se trataba de nada malo para él. Al contrario, ese miedo era un aliado que le ayudaba a estar concentrado.

Su corazón latía con fuerza, notaba cada latido a lo largo de su cuerpo, diciéndole que aún seguía vivo y que debía probarse nuevamente con el peligro que se precipitaba sobre él. Estaba cómodo, se encontraba en su propia nave, en aquella con la que tantas aventuras había vivido. Y, sin embargo, lo que le presionaba el pecho era el miedo al fracaso, a volver a fallar nuevamente en su misión, en volver a ver a sus amigos pereciendo bajo el fuego enemigo por no ser lo suficientemente bueno para defenderles.

—¿Dónde está Vhan? —Preguntó Ges, que ya estaba sentada y se abrochaba los cinturones de seguridad, al ver que Tidux entraba en la cápsula solo.

—No va a venir —respondió el robot, cerrando la compuerta y sentándose a los mandos. Se abrochó el cinturón, al igual que la mujer y fue activando una serie de conmutadores, haciendo que todo el interior se iluminara y las pantallas comenzaran a mostrar sus lecturas—. Estamos listos, Vhan, ya puedes soltarnos.

—Confío en que terminareis lo que hemos empezado —dijo la voz del mercenario a través del comunicador antes de deslizar su dedo sobre la pantalla en la que aparecía la imagen de la cápsula. Con un estruendoso chasquido y una fuerte sacudida, aquel vehículo de salvamento se separó de la Estrella Oscura.

—¿Por qué, Vhan? —Ges alzó la cabeza hacia el techo de la cápsula, como si buscara en este el rostro del mercenario. Sintió cómo las lágrimas brotaban de sus ojos y se entremezclaran con la suciedad y la sangre reseca que aún tenía pegada a su piel.

—Porque es lo que hay que hacer —respondió este, comprobando que sus amigos seguían la trayectoria correcta hacia el planeta.

En ese momento, en la pantalla que estaba mirando apareció una señal de alerta. Parte de uno de los escuadrones de cazas que se dirigían hacia él estaba cambiando el rumbo, yendo directamente hacia la cápsula de salvamento.

—¡No os lo voy a permitir! —Exclamó Vhan, agarrando con fuerza los mandos y tirando de estos, haciendo que la nave se elevara al tiempo que realizaba un giro de ciento ochenta grados.

Las luces se habían atenuado hasta casi desaparecer, dejando solo un tono verdoso procedente del radar que le daba a la cabina un aspecto deforme. No pasó más de un minuto antes de que los primeros cazas abrieran fuego.

Los proyectiles pasaban a su alrededor, iluminando el espacio mientras él continuaba hacia su objetivo, moviéndose los mandos en todo momento para que no le pudieran fijar con los misiles que sabía que llevaban, pues los habían usado contra él en su anterior enfrentamiento. De pronto, el caza que encabezaba el escuadrón y que se dirigía contra sus amigos se puso a tiro. Vhan no dudó un instante en apretar los gatillos, colocados en las mismas palancas de control.

El sonido de los cañones de plasma se extendía a lo largo de toda la nave, haciendo que una sonrisa aflorara en el rostro del mercenario al ver cómo su objetivo explotaba en una intensa nube de fuego. La Estrella Oscura se desvió hacia un lado para esquivar los restos de la nave destruida al tiempo que volvía a disparar. El escuadrón de la Federación tuvo que modificar su ruta, alejándose de la trayectoria de la cápsula de salvamento para no terminar como su jefe de escuadra.

—Veo que he llamado vuestra atención. —Rió Vhan mientras tiraba de los mandos, alzando el morro al tiempo que realizaba un giro de tonel para esquivar los disparos de los demás. Todo el radar estaba iluminada con decenas de puntos que se movían a su alrededor—. No me vais a coger tan fácilmente.

Sintió cómo su cuerpo se clavaba en el asiento mientras aceleraba aún más la nave, dejando atrás por un momento a sus enemigos, que no tardaron en reaccionar, transformándose en una persecución a toda velocidad.

Súbitamente, un fuerte pitido asoló la silenciosa cabina. Vhan dirigió la mirada hacia una de las pantallas, que se iluminaba con una gran señal de peligro y la imagen de un misil. Bajo esta, una serie de números se reducían rápidamente. El mercenario alargó su brazo derecho y apretó un interruptor que había junto a él. Un zumbido resonó en la parte trasera de la bodega, indicando que las contramedidas habían sido lanzadas.

Un instante después, aquella señal de peligro había desaparecido, al igual que el misil de la pantalla. Vhan suspiró aliviado al tiempo que enderezaba la nave cuando comprobó que dos cazas se acercaban a toda velocidad con rumbo de colisión.

—¡A mí no me vais a asustar! —Gritó él, eufórico ante aquel combate y aferrándose a los mandos para esquivar los disparos que le lanzaban mientras descargaba sus propios cañones.

La nave de la Federación más cercana sufrió el impacto directo de uno de sus proyectiles, explotando sin ruido alguno antes de que la otra rectificara su trayectoria, alzando el morro para pasar por encima del mercenario. Pero, antes de que el humano pudiera cantar victoria, un fuerte golpe sacudió la Estrella Oscura. Vhan comenzó a maniobrar mientras podía apreciar en uno de los monitores los daños causados por el ataque enemigo. La parte de la bodega de carga tenía un gran agujero por el que se estaba perdiendo el aire y todas las pertenencias que no estaban fuertemente sujetas.

—¡Maldita sea! —Exclamó con furia mientras manipulaba los comandos para cerrar la bodega y controlar la pérdida de presión—. ¡Ahora veréis lo que es bueno!

El humano agarró la palanca de aceleración y tiró de ella para invertir los propulsores hasta conseguir que tres de los cazas que le perseguían, y que hasta aquel momento habían estado en su cola, le sobrepasaran a toda velocidad. Antes de que estos se dieran cuenta de qué estaba pasando, el mercenario descargó sus torretas contra ellos.

Las explosiones iluminaron la cabina de control. Las sombras del espacio se retiraron para dejar paso a los naranjas y amarillos del fuego que consumía los restos. Estos se alejaban rápidamente en todas direcciones antes de apagarse al no tener más comburente en el espacio. Vhan trató de esquivar todos aquellos trozos, pero no lo consiguió. Toda la estructura retumbaba con cada nuevo impacto.

—¡Estúpido! Esto no ha sido buena idea. —Se recriminó mientras intentaba evitar los restos más grandes de sus enemigos. Pero, en ese momento, uno de aquellos desperdicios golpeó el cristal, incrustándose en él y sobresaltando al piloto mientras pequeñas grietas comenzaban a extenderse a través del material. Antes de que pudiera recuperarse de la sorpresa, las pantallas volvieron a sonar con el aviso de que uno de los cazas lo había fijado con sus misiles y que estos se dirigían rápidamente hacia él—. Mier…

Antes de que pudiera terminar de hablar, el arma impactó en la parte posterior de la nave, sacudiéndola por entero y haciendo que el mercenario, a pesar de estar atado al asiento, se zarandeara de un lado a otro.

El motor enmudeció mientras las luces se tornaban intermitentes y decenas de señales de alarma recorrían toda la sala. El informe de daños que se mostraba en una de las pantallas que aún funcionaban no paraba de crecer.

Vhan abrió con lentitud los ojos. Sentía una caliente y húmeda sensación recorrer su frente y deslizarse hasta la barbilla. Trató de respirar, pero solo consiguió hacer un sonido ahogado. Todo el cuerpo le dolía y estaba seguro de que se había roto alguna costilla. Aunque no sin dificultad, agarró los mandos para intentar alejarse de los cazas que el radar, a pesar de que el proyector estaba rasgado de arriba abajo, le indicaba que había a su alrededor, pero no hubo respuesta por parte del propulsor.

—Se acabó —dijo Vhan, observando a los incontables pilotos de la Federación que se movían como tiburones rodeando una presa.

De pronto, un zumbido resonó en la silenciosa cabina. A pesar del tono metálico y grave que los altavoces le daban a aquella voz, pudo identificar al momento que se trataba de la de una mujer.

—Aquí la cápsula de salvamento de la nave humana Estrella Oscura, número de registro: equis, zeta, ocho, cuatro, tres. Enviamos este mensaje a toda la galaxia a través de los canales oficiales para reclamar, según las leyes del Gobierno Galáctico, un sistema solar localizado en el sector Detx, en el borde exterior. Con esta comunicación estamos enviando los datos recién adquiridos así como los obtenidos por una sonda humana hace más de quinientos años. De esta manera, y aunque a mis compañeros o a mí nos pasara cualquier cosa, quedaría constancia de que los seres humanos han sido los primeros descubridores de este sistema solar.

»Y así, según la ley tres mil cuatrocientos veintitrés, sección treinta, toda nuestra especie es ahora la propietaria de esta porción de la galaxia y nadie más puede reclamarlo para sí, tal y como han hecho muchas civilizaciones antes que nosotros. Y para finalizar, invito a todos los hombres, mujeres y niños repartidos por la galaxia a que cojan sus pertenencias y vengan a este nuevo lugar al que pronto espero poder llamar hogar. Gesandaryan Carilian, desde el nuevo sistema humano, cierro la comunicación.

—Ya está, lo hemos conseguido —dijo Vhan con una gran sonrisa, mirando por el cristal cómo los cazas enemigos descargaban sus armas contra él—. Por fin he cumplido…

Epílogo

La débil luz de las farolas no conseguía alejar la oscuridad que invadía la calle adoquinada del parque por el que una mujer, envuelta en un gran abrigo, se movía con rapidez. Sus fuertes y rítmicos pasos resonaban sobre las piedras y destacaban entre los sonidos propios de los animales nocturnos. Pequeñas nubes de vapor emergían alrededor de su rostro con cada respiración debido a la fría noche del planeta.

Pocos minutos después llegó al centro del parque. Toda la plaza estaba recubierta con una gran cantidad de hojas caídas pertenecientes a los árboles caducos de alrededor y, en el centro, sobre un gran pedestal, cuatro enromes focos iluminaban la efigie de casi cinco ühns que se alzaba hacia el cielo.

La mujer observó con detenimiento la figura humana representada en aquella gran talla. Era un hombre, con el pelo revuelto y que vestía un chaleco repleto de bolsillos sobre lo que podía haber sido una camiseta. Pero lo que más destacaba era la pistola que llevaba en la pernera del pantalón. La figura señalaba el cielo y, al mismo tiempo, parecía estar a punto de defenderse de cualquier ataque. La gran placa de metal labrada que tenía bajo ella decía: "*Vhan Stalix, miembro del Cuerpo de Protección y cuyo sacrificio creó este hogar para la humanidad*".

—Ya hará un año… —Suspiró una voz metálica tras ella. La mujer se giró sobresaltada, descubriendo que quién había hablado era un robot de casi dos ühns de alto y al que ya conocía desde hacía tiempo.

—Me has asustado, Tidux —respondió ella, dejando florecer una sonrisa en su rostro, feliz por encontrarse con su compañero.

—Lo siento, Ges, no era mi intención asustarte.

—No te preocupes —comentó la mujer, colocándole una mano sobre su robusto brazo metálico y sintiendo el frío que desprendía aquel material—. Me alegra verte aquí un día como hoy.

—No hay otro sitio mejor donde estar.

De pronto, una intensa luz y una fuerte explosión asolaron el cielo estrellado. Los dos compañeros alzaron rápidamente la mirada para ver los fuegos artificiales que iluminaban, en decenas de colores, los edificios y las grúas que trabajaban día tras día en la urbe que crecía alrededor de aquel parque.

—Feliz día de la Humanidad, Tidux.

—Lo mismo te deseo, Ges —respondió este, observando aquel espectáculo de luces sobre las construcciones—. Parece casi imposible lo rápido que ha crecido la ciudad desde que llegamos aquí el año pasado.

—Lo sé. Basta con mirar alrededor para ver cómo avanzamos día a día. No paran de llegar hombres y mujeres desde todos los puntos de la galaxia. Muchos han invertido todo lo que tenían en pagarse este último viaje, pero creo que no hay ninguno que se arrepienta de haberlo hecho —explicó ella antes de que una ligera presión creciera en su interior y la entristeciera por un segundo—. Aunque cada vez se hace más difícil controlarlo todo, ya no solo a los humanos, sino también a todas las razas que quieren establecer rutas comerciales con nosotros.

—Eso es normal, Ges. Después de tanto luchar habéis conseguido no solo conseguir un lugar donde vivir, sino ser reconocidos por el resto de las civilizaciones. Dudo mucho que ahora los miembros del Gobierno Galáctico se nieguen a aceptaros como un miembro más.

—¿Qué me dices de la Federación?

—Es cierto que no descansarán hasta que nos hayan destruido y tomado el sistema. Pero deben actuar en las sombras, no pueden atacarnos de frente —explicó el robot con lentitud, haciéndose oír entre los fuegos artificiales y los vítores que procedían de las calles cercanas—. Puede que aún seáis una raza débil, pero podríamos movilizar a muchas de las civilizaciones en su contra con solo dar unos cuantos contratos de explotación de las minas o de venta de alinum. Y ellos lo saben perfectamente.

»No me cabe duda de que nos han declarado la guerra y que harán todo lo posible para someternos, pero será un combate legal, político y económico. Les hemos ganado la primera batalla, hemos tomado lo que ellos querían y nos hemos transformado en una civilización intocable. Al menos, a la vista del resto de mundos. Debemos aprovechar este punto para hacernos indispensables y, al mismo tiempo, proteger nuestros intereses.

—¿Estás seguro que no quieres ayudarme en el gobierno? Si siguieras hablando así no habría nadie que se interpusiera en nuestros objetivos.

—No, gracias, señora presidenta, prefiero continuar dirigiendo el nuevo Cuerpo de Protección. Sobretodo sabiendo que los de la Federación de Comercio y Transporte actuarán pronto, si no lo han hecho ya.

—Eres un luchador nato, como él.

—Debe ser su culpa, a fin de cuentas, él me creó.

Los dos se quedaron en silencio por un instante, observando las luces de colores producidas por toda aquella pirotécnica. Pero la mente de Ges no podía relajarse ante aquella visión. Al contrario, esta se había transformado en un mar tormentoso con las palabras de Tidux. Sabía perfectamente que tenía razón, que la Federación no iba a detenerse ante nada. Los gujuros no estaban dispuestos a permitir que los humanos les arrebataran algo que se creían suyo por derecho y, a pesar de que en estos momentos muchas civilizaciones apoyaran a la humanidad, no podían contar con ninguna de verdad. Ya que todas, simplemente, se movían por intereses económicos y comerciales. Y, al igual que estas, otras muchas, menos amables, también buscarían aprovecharse de ellos y de pelear si fuera necesario para conseguir sus objetivos. Aquel primer año solo había sido una pequeña prueba, un simple punto de la historia que parecía depararles el futuro.

—¿Crees que estaría feliz con todo esto? —Preguntó ella, pensativa, dejando que los recuerdos de aquel hombre invadieran su mente.

—No lo dudo, estoy seguro de que se sentiría orgulloso con nuestro trabajo —respondió el robot, volviendo el rostro hacia su compañera—. Aunque seguramente él habría preferido que esa estatua estuviera hecha con el alinum que se le prometió por este trabajo.

Ges soltó una gran carcajada mientras miraba el rostro de la estatua, imaginándose las palabras que diría el mercenario si estuviera en aquel momento junto a ellos.

Tidux, por su parte, se volvió de nuevo hacia los fuegos artificiales, que seguían iluminando la noche escuro y repleta de estrellas. Unas estrellas que, aunque separadas unas de otras por millones de kilühns, parecían brillar aún más de lo habitual, como si supieran que aquel día era importante para todos los habitantes del sistema que las observaban.

Enciclopedia galáctica

(Última actualización realizada el 65 del 7.183 del G.G)

Alinum Es un elemento químico de la tabla periódica cuyo símbolo es Am y su número atómico el 380. Es radiactivo y el más pesado de los Vlednos (elementos químicos que forman el grupo 14). El alinum posee una apariencia oscura, lustrosa y brillante y su punto de fusión es de 6.432 S. Es el elemento más raro de la naturaleza, encontrado solo en grandes cantidades en menos de treinta planetas de toda la galaxia, y siendo extremadamente difícil su extracción. Dichos planetas están concentrados, principalmente, en el sector Rhüng, perteneciente a la Federación de Comercio y Transporte.

No fue hasta el 6.003 del G.G. que se pudo realizar un análisis de todas sus propiedades, descubriendo que al bombardear el material con átomos de Kele, el elemento más común de la galaxia, el alinum sufría una reacción nuclear que generaban más energía que la producida por una estrella gigante roja. Esto provocó un estudio de sus posibilidades científicas y su posterior incorporación al motor de salto creado por el ingeniero Glum St-háunsen.

Alrak Especie anfibia del planeta Lensalem, perteneciente a la constelación Arkled. Su nombre procede de su idioma natal, que se traduce cómo: el hijo del pantano. Poseen grandes ojos sin pupila y su tez tiene una pigmentación verdosa, procedente de la constante evolución para camuflarse de los depredadores de su planeta de origen.

Los alrak tienen aptitudes sensoriales aumentadas gracias a los largos apéndices de sus cabezas, que siempre llevan atados con diversos materiales, siendo esta una muestra de estatus social. Tienen cuellos largos que decoran con grandes collares, portando en muchas ocasiones trofeos de antiguos combates.

Aunque la mayoría de individuos prefieran vivir en planetas con una gran concentración de agua, tanto en la atmósfera como en su superficie, son muchos los que habitan lugares más inhóspitos, pues también son una raza ambiciosa que busca en todo momento el provecho propio.

Armas de plasma Son el armamento más utilizado a lo largo de toda la galaxia, aplicándose en pistolas, fusiles, cañones, torretas defensivas y naves espaciales. Funcionan convirtiendo gases normales o materiales combustibles en plasma, un estado de la materia altamente energético.

Al disparar el arma, un pequeño reactor realiza la transformación del gas en plasma y lo reviste con un campo magnético que previene la disipación de los rayos. Una vez el proyectil entra en contacto con materia sólida, el campo magnético que lo rodea se rompe, derramando la energía sobrecalentada sobre el objetivo.

Arwosky Especie felina, inteligente y bípeda procedente del sector Lidae. La palabra arwosky con la que se refieren a ellos mismos y a su civilización proviene de su idioma ancestral, cuya traducción al galáctico actual sería: el que rasga el sol.

Se trata de una raza guerrera que no ha dejado de combatir desde los albores de su civilización. Los eruditos han descubierto que en ningún momento de su larga historia ha existido la paz entre los arwosky. En todo momento ha existido una guerra o combate a lo largo de su extenso territorio. Son una raza esclavista, controlando bajo su yugo a tres civilizaciones menos evolucionadas: los foler, los lotten y los ülrin. Los arwosky poseen un robusto cuerpo y unas fuertes extremidades rematadas por grandes uñas retráctiles capaces de atravesar carne y músculo. Visten trofeos de guerra sobre su pelaje o extremidades para demostrar su poder y estatus social. Son uno de los miembros fundadores del Gobierno Galáctico y forman parte del Círculo Alkhan desde su formación.

Una de las mayores muestras de su conocimiento y destreza tecnológica es la estación Lardalan, obra de ingeniería que finalizó el 91 del 4.965 del G.G. tras más de cincuenta años de construcción y capaz de albergar a veintitrés millones de seres.

Balnir Especie bípeda procedente del sistema Ashmelan y cuyo nombre procede de su homónimo planeta de origen. Poseen un cuerpo delgado y estilizado, con una tez color añil, un rostro alargado y dos largos incisivos que sobresalen por debajo de su labio superior. Los machos tienen, a lo largo de toda la cabeza, diversas púas óseas que usan durante los períodos de apareamiento para atraer a las hembras de su especie.

Los balnir forman parte del Gobierno Galáctico desde el 89 del año 3.560 del G.G. siendo así los integrantes número ciento ochenta y cuatro.

Carnak Especie inteligente y bípeda procedente del sistema Botg. Su denominación procede del nombre perteneciente a la antigua y perdida ciudad que se considera la cuna de su civilización. Poseen una cabeza alargada y coronada por grandes placas de hueso, vestigio de sus ancestros, los dathral, criatura cuadrúpeda ya extinta que estaba recubierta de púas para protegerse de sus depredadores. Aunque pertenecen al Gobierno Galáctico desde el 234 del año 5.485, no fue hasta el 5.725

cuando los carnak consiguieron dejar de ser perseguidos por diversas civilizaciones y comerciantes debido a sus ojos, capaces de mostrar constelaciones o partes del universo que les rodean.

Chicle respirador Creado por el químico yetaniano Yalgureht durante las guerras remolino (6.150-6.158 del G.G.). Fue diseñado para que los guerreros del Imperio Yetan pudieran invadir el planeta Wars, cuya atmósfera era demasiado débil para los soldados invasores.

Se trata de una mezcla de componentes que, al morderse y mezclarse con los fluidos corporales, producen una reacción química que genera gonix, elemento indispensable para el metabolismo de muchas especies galácticas. Debido a su efectividad y coste de producción, el producto se ha hecho extremadamente útil a lo largo de toda la galaxia.

Ciencia galáctica Durante la evolución de cualquier civilización se crean unos conocimientos, medidas y nomenclaturas propias del universo que las rodea. Estos datos son usados como verdaderos durante miles de años hasta que, al entablar contacto con el resto de las razas de la galaxia, pueden llegar a ocasionar confusiones o accidentes. Por dicha razón, los miembros originales del Gobierno Galáctico solicitaron a sus científicos que crearan un único sistema galáctico de referencia y catalogación. De esta manera se permite logar una uniformidad en cualquier medida, análisis o resultado realizado a lo largo de toda la nebulosa.

La ciencia y la educación son uno de los puntos más importantes a la hora de la inscripción de una nueva civilización al Gobierno Galáctico, pues esta tiene que transformar toda su cultura individual en una comunitaria.

Círculo Alkhan Hace referencia a la agrupación de las civilizaciones que han logrando un muy alto grado de desarrollo tecnológico, disfrutando además de los más altos estándares de vida posibles gracias a una buena distribución de la riqueza, sanidad, esperanza de vida y calidad de servicios. Dicho círculo se formó el 29 del año 190 del G.G. y, actualmente, está compuesto por treinta y cinco miembros, muchos de los cuales fueron los propios fundadores del Gobierno Galáctico.

Esta comunidad es completamente ajena a la institución galáctica, poseyendo sus propias normas, siendo la más importante la *no interferencia en la evolución tecnológica de otras razas con un nivel inferior al suyo.* Dicha ley se estableció tras los acontecimientos provocados por los raftheron durante el 260-265 del G.G., cuando entregaron a los ughünt una tecnología militar avanzada con la que estos iniciaron una campaña de conquista galáctica contra sus vecinos, los tonor, quienes fueron exterminados.

A pesar de ello, algunos de los descubrimientos más recientes de estas civilizaciones, como puede ser el dispositivo de salto, sí que se han entregado de manera universal a todos los integrantes del Gobierno Galáctico con el fin de mejorar las relaciones entre unos y otros miembros.

Créditos Divisa creada durante los inicios del Gobierno Galáctico para eliminar los problemas de cambio de moneda entre los diferentes planetas de la alianza. Actualmente es el tipo de dinero usado por todos los miembros de dicha institución galáctica.

Aunque la mayoría de compras y ventas se paguen de forma virtual, a través de las muñequeras digitales y los chips hipodérmicos, en muchos casos se utilizan diferentes metales preciosos en forma de varillas para pagar grandes sumas de dinero. La producción y el control de esta divisa se realiza en Klhän, quinto planeta del sistema Jahxon, donde el Gobierno Galáctico tiene su sede permanente.

Cuerpo de Protección Institución militar humana creada por el Gobierno Galáctico el 196 del 6.684 del G.G. debido a los ataques recibidos por la raza humana durante los primeros años de aproximación al resto de las civilizaciones.

Dependía directamente del Gobierno Galáctico, bajo la tutela de los Guardianes del orden de la Galaxia. Tenía la misión de proteger el libre ejercicio de los derechos, libertades y garantizar la seguridad de los humanos a lo largo de toda la nebulosa.

El 8 del 7.163 del G.G. el Cuerpo de Protección sufrió un ataque a lo largo de todas las sedes de la galaxia. Sus instalaciones y efectivos fueron destruidos debido al grupo terrorista *Libertad Espacial*, quienes reclamaron la autoría de los hechos pocas horas después. Aunque se atraparon a los culpables, el Gobierno Galáctico también condenó al Cuerpo de Protección por su negligencia, disolviendo la institución el día 35 del mismo año.

Deportes galácticos Los deportes son uno de los fenómenos con más repercusión de la galaxia. Tras la finalización de las guerras que han asolado las diferentes civilizaciones del Gobierno Galáctico, los deportes se han transformado en una demostración de poder y fuerza. No solo de los jugadores, sino también de las comunidades a las que representan.

Esto ha llegado a provocar que los deportes sean guerras a tamaño microscópico donde la sangre y la muerte es solo una norma más. Y, aunque el deporte es considerado como un método de disminuir la violencia y la delincuencia en la sociedad, en muchas ocasiones se suceden estallidos violentos durante o tras las competiciones por parte de los espectadores. El más notable de estos fue el sucedido en la estación de Maudios, en el sistema Thega, donde los hinchas del *Fuego Craneal* y de los *Vacío Sideral* tuvieron una confrontación que duró cinco días y que dejó más de cuatro mil muertos.

Federación de Comercio y Transporte Corporación que toma el relevo del Imperio Gujuro en el año 6.010 del G.G. tras el descubrimiento del alinum y la creación del motor de salto por parte del ingeniero Glum St-háunsen. Los empresarios gujuros, al considerar las posibilidades que ofrecía este material, iniciaron una revolución civil en la que transformaron el antiguo Imperio Gujuro, constituido el 508 del G.G., en una asociación comercial. En menos de cuatrocientos años, la Federación de Comercio y Transporte se transformó en una de las civilizaciones más importantes, ganando una posición de control en el Gobierno Galáctico.

No fue hasta el 183 del año 6.507 del G.G. cuando, presionados políticamente por el Círculo Alkhan, del cual ellos mismos son miembros, la Federación de Comercio y Transporte entregó la tecnología del motor de salto al resto de civilizaciones. A pesar de ello, la constelación Rhüng, propiedad del antiguo Imperio Gujuro, es el único lugar de la galaxia en el que se ha encontrado a día de hoy alinum en la cantidad necesaria para los saltos estelares, permitiendo que esta federación comercial conserve aún su hegemonía sobre el resto de civilizaciones.

Foler Especie evolucionada e inteligente perteneciente al reino de las aves. Proceden del planeta Theros, situado en el sector

Lidae. Son criaturas plumíferas, poseyendo gran cantidad de coloración dependiendo de las zonas en las que habitan. Son seres pequeños, de no más de ühn y medio, y que han perdido la facultad de volar debido a su propia evolución. No son miembros del Gobierno Galáctico, pero están amparados por sus leyes debido a que los arwosky conquistaron y esclavizaron a los foler durante las guerras rapaces (2.986-3.034 del G.G.).

Galáctico (idioma) Lengua extendida a lo largo de toda la galaxia para la fácil comunicación entre todos los seres pertenecientes a la alianza galáctica. Sus orígenes se remontan a la formación del propio Gobierno Galáctico; cuando los altos gobernantes de las quince razas que formaban la primera asamblea ordenaron a los mejores lingüistas de sus respectivos mundos que crearan un idioma común para todos.

El proceso duró más de cien años galácticos en los que se analizaron miles de lenguajes, tanto actuales como milenarios, para conseguir crear un idioma capaz de ser usado por todas las razas pertenecientes a la alianza y que es hablado hoy en día en más de doscientos millones de planetas.

Gobierno Galáctico Es la comunidad económica y política más grande de la nebulosa. Actualmente está compuesta por doscientas setenta y tres civilizaciones y se rige por un sistema interno en régimen de democracia representativa.

El Gobierno Galáctico ha desarrollado un sistema jurídico y político único que se ha extendido y evolucionado a lo largo de su historia hasta conformar la institución galáctica actual.

Esta institución promueve la integración de nuevas especies o razas por medio de políticas comunes que abarcan distintos ámbitos de actuación; desde economía, ciencia, lingüística o cultura hasta legislación y política. El ingreso de una nueva civilización es un proceso lento y complejo que conlleva la votación y aceptación por unanimidad de todos los miembros pertenecientes al consejo. En su inicio, el Gobierno Galáctico fue establecido por quince miembros para hacer frente al ejército robótico que asoló la galaxia durante la época oscura.

Grundry Glädlet Uno de los científicos más brillantes especializados en robótica avanzada de la época moderna. Ha estudiado en la Universidad de Trhaltor, cuna de los mayores pensadores de la galaxia. Una vez terminada su formación, trabajó como profesor de la universidad al tiempo que realizaba importantes avances en su materia de estudio.

Pocos años después publicó su tesis *Los nexos artificiales del aprendizaje*, donde indicaba que había estado estudiando robots rescatados de un crucero de combate a la deriva perteneciente a la época oscura (del año -25 al 180 del G.G.). Debido a ello, los Guardianes del orden de la Galaxia decidieron apresarlo por incumplir las leyes referentes a la robótica y a la inteligencia artificial. Aunque estos eliminaron todos sus estudios de los archivos y pusieron precio a su cabeza, no consiguieron detenerlo. Grundry Glädlet escapó del planeta y, actualmente, se encuentra en paradero desconocido.

Guardianes del orden de la Galaxia Popularmente conocidos como los GoG, son el cuerpo militar encargado de crear y mantener la paz en áreas de conflictos, monitorear y observar los procesos pacíficos y de brindar asistencia a ex combatientes en la implementación de tratados con fines pacíficos. Actúan por mandato directo del Gobierno Galáctico y forman parte miembros de las fuerzas armadas de todas las civilizaciones integrantes.

Nació tras derrota final del ejército robótico el 159 del año 180 del G.G. con la misión de proteger a toda la galaxia de una nueva época oscura, como la llamaron los historiadores de aquel período.

Gujuros Una de las civilizaciones fundadoras del Gobierno Galáctico y perteneciente al Círculo Alkhan desde su creación. Son una especie altamente evolucionada que usa la tecnología y sus conocimientos para mejorar a sus propios individuos.

No se conoce mucho acerca de su apariencia real, pues todos los gujuros sufren incontables operaciones durante sus primeros años de vida en sus planetas laboratorio. Se desconoce si la tecnología que se implanta en todos los gujuros es una mera transformación propia de su cultura o, si procede de la necesidad de usarla para sobrevivir.

El descubrimiento del alinum en la constelación Rhüng hizo que el propio pueblo gujuro se rebelara contra sus gobernantes en el año 6.010 del G.G. y crearan la Federación de Comercio y Transporte, corporación que gobierna actualmente dicha civilización.

Los gujuros son una de las razas más poderosas y grandes de la galaxia, poseyendo más de diez mil sistemas y conservando el monopolio del comercio del alinum y, por tanto, de los saltos espaciales. Al igual que su poder empresarial, la cultura militar está altamente arraigada en los gujuros, constituyendo la segunda fuerza militar más importante de la nebulosa, por detrás de los Guardianes del orden de la Galaxia.

Humanos Especie del orden de los primates, bípeda e inteligente, procedente de la región Rhengis. Su nombre procede de un antiguo idioma arcaico de su planeta de origen, llamado

Tierra. Los seres humanos abandonaron su sistema solar durante el año 6.587 del G.G. para escapar de la destrucción de su planeta natal y de sus colonias establecidas en otros planetas del mismo sistema solar. Por los datos obtenidos, se conoce que dicha destrucción fue debida al impacto de un meteorito sobre la superficie del planeta; originando miles de nuevos cuerpos peligrosos y haciendo imposible la supervivencia de los individuos. Poco tiempo antes de que se produjera dicha catástrofe, los humanos fletaron miles de naves para así poder abandonar el peligroso sistema solar y buscar un nuevo lugar donde establecerse.

Posteriormente, el 79 del 6.679, fueron descubiertas las primeras naves de refugiados humanos por parte de unos corredores de estrellas trionat mientras realizaban *La carrera de la Supernova*. El Gobierno Galáctico ordenó la dispersión de la humanidad en cientos de estaciones y colonias galácticas a lo largo de toda la nebulosa debido a los ataques sufridos durante los primeros años por parte de otras razas.

Aunque aún conservan su lengua antigua, los seres humanos han instaurado el idioma y la ciencia galáctica a lo largo de todas sus colonias con el fin de solicitar el ingreso en el Gobierno de la Galaxia. A pesar de sus varios intentos, los humanos no han conseguido la aceptación por unanimidad de los otros miembros de dicha institución.

Microsaltos Terminología aplicada a los saltos al hiperespacio realizados a una distancia muy corta, a menudo dentro de un mismo sistema estelar.

Minas de gas de Mojen Situadas en el sistema Noubular, es una de las grandes fuentes productoras del gas RCKB, elemento indispensable para la aleación de los metales espaciales. Se considera uno de los lugares más peligrosos para trabajar de toda la galaxia debido a las precarias y, en muchos casos, inexistentes condiciones de seguridad y a la nocividad de los propios gases extraídos.

Motor de salto Creado por el ingeniero gujuro Glum St-háunsen, el dispositivo de salto es capaz de crear un túnel que permite llevar a un sujeto de un punto a otro de la galaxia en un tiempo mucho más reducido que el resto de motores de viajes interestelares. Esta tecnología no podría ser posible sin el reciente descubrimiento del alinum, material que permite abrir el tejido espacial y viajar a través de una extensión del mismo.

Recientes estudios han descubierto que Glum St-háunsen no terminó de completar el dispositivo de salto, pues sus anotaciones hacen referencia al científico Gülf Sh'áhns, quien formuló que el viaje más rápido entre dos puntos del universo no era una línea recta, sino que no existía. En sus cálculos indica la posibilidad de plegar el universo alrededor del dispositivo de salto y llegar de un lado a otro instantáneamente, sin ningún tipo de viaje o tiempo perdido. Aunque se están llevando a cabo importantes mejoras en los nuevos motores de salto, aún no se ha conseguido demostrar dicha teoría.

Mushons Especie altamente inteligente y evolucionada perteneciente al Círculo Alkhan, siendo uno de los fundadores de este así como del propio Gobierno Galáctico. La palabra mushon procede de su antiguo idioma planetario y su traducción al galáctico actual sería: el que tiene el rostro blanco.

Se considera como una de las razas más antiguas de la galaxia y su territorio se extiende a lo largo de ocho mil ochocientos ochenta y ocho sistemas. Su sistema capital se encuentra en la constelación de Xryred, una acumulación de estrellas en forma de estrella de ocho puntas que movieron ellos mismos como demostración de su poder tecnológico.

Aunque gran parte de su pasado está estrechamente relacionado con la guerra y la muerte de sus propia raza. Los mushons han evolucionado hasta crear una sociedad pacífica gobernada política y religiosamente por sumos sacerdotes que buscan la comunión con el resto del universo y que tratan de vislumbrar el futuro de la galaxia gracias a los poderes adivinatorios que tienen algunos de sus individuos.

Son criaturas altas, estilizadas y muy gráciles durante su época juvenil. Al cumplir la mayoría de edad, los mushons sufren una transformación en los componentes químicos básicos de su cuerpo y este se hincha con un gas ligero hasta ocupar un volumen cuatro veces superior al original. Destacar que se han dado casos donde el shinon (palabra que utilizan para referirse a dicho cambio) se ha desarrollado en individuos jóvenes. Estos niños son considerados seres de gran poder y son entregados a los monasterios para que inicien su instrucción en la orden sacerdotal.

Ohksiano Especie inteligente perteneciente al suborden de los reptiles y procedentes del sistema Squamata. Su nombre hace referencia a su planeta de origen, Ohks, en el que evolucionaron los primeros individuos. Son criaturas bípedas que conservan su larga cola como vestigio de sus antepasados. Poseen manos con pulgares oponibles y usan los dedos de los pies, más largos que los de sus extremidades superiores, para sentir las vibraciones de sus presas a través del suelo o del agua. Los ohksianos viven en climas cálidos, junglas y pantanos.

Son una raza beligerante y depredadora que les gusta cazar a sus presas en grupos pequeños. Poseen gran cantidad de rituales, siendo el más importante de su vida el de maduración, en el que los jóvenes deben cazar su primer cinético, uno de los grandes depredadores del planeta Ohks, transformándose así en adultos de pleno derecho y recibiendo por ello uno de los dientes de dicha criatura como reconocimiento.

Aunque no pertenecen a las civilizaciones miembro del Gobierno Galáctico; su instinto cazador, sus sentidos mejorados, su gran estabilidad sobre cualquier terreno y su visión altamente desarrollada, a pesar de que posean un ojo a cada lado de la cabeza, les han transformado en importantes efectivos. Siendo reclutados en muchas ocasiones como mercenarios y soldados de fortuna por otras razas.

Región Hundida Agrupación de los planetas Neru, Medi, Leno, Biro y Quol; situados en el sector Qua. La característica que une a todos ellos es la cantidad de agua líquida que hay en su superficie, en todos los casos, superior al 80 por ciento. Los gulios, civilización que habita estos planetas, son miembros activos del Gobierno Galáctico, incorporándose a este el 152 del año 6.549 del G.G., siendo la civilización número doscientos cuarenta y siete en ingresar.

A pesar de ello, son una raza que aborrece el espacio y prefiere vivir en el agua. Motivo por el cual, en las estaciones espaciales que orbitan alrededor de sus planetas no haya una gran cantidad de gulios, y que estas solo sirvan como puente entre la superficie del planeta y el resto de las civilizaciones.

Rifle de fusión Categorizada en la lista de armas peligrosas y prohibidas por parte del Gobierno Galáctico, estos rifles están creados a partir de un generador nuclear de tamaño nano. La institución galáctica las prohibió el 152 del año 5.621 del G.G. debido a la peligrosidad que representaban y de su capacidad destructora.

Este tipo de armas lanzan proyectiles de alta penetración y contaminan con una descarga nociva de radiación cualquier objeto que reciba el impacto de estas. A pesar de su ilegalización, muchos criminales, soldados de fortuna y algunos ejércitos siguen usándolas.

Scroc Especie evolucionada a partir de los anfibios. Su nombre proviene de la palabra croar en su idioma natal. Proceden de un único sistema, Adenom, situado en el extremo de la constelación de Färdenas. Son seres bípedos, con grandes ojos saltones y robustas extremidades. Su piel es extremadamente áspera y, en la mayoría de los especímenes, venenosa; pudiendo causar desde una leve irritación hasta la parálisis.

Aunque prefieren evitar los lugares secos y vivir en planetas húmedos, los scroc han desarrollado los cracor, unos collares bulbosos repletos de una mezcla de agua, sales y químicos que permiten que la piel nunca se les seque completamente; pudiendo así vivir en otros planetas sin grandes dificultades. Su civilización fue incorporada al Gobierno Galáctico el 64 del año 6.852 del G.G. como la número doscientos sesenta y nueve.

Sondas de reconocimiento Estos instrumentos, diseñados para fines científicos, han sido de gran utilidad desde los inicios de la exploración espacial, permitiendo llegar a analizar y almacenar una gran cantidad de información. Muchas de las sondas actuales se pueden modificar con diferentes sensores e instrumental para adecuarlas a los medios a estudiar. Actualmente, las Industrias

Yaluart, en el sistema constructor Garrul, son reconocidas como las mejores productoras de sondas de reconocimiento de la galaxia gracias a su programación y posibilidades de customización.

Tiempo galáctico A pesar de que todas las civilizaciones galácticas tienen sus propios períodos de tiempo, por cuestiones prácticas, el Gobierno Galáctico instauró un cómputo estándar para aunar a todos ellos basado en las características propias del sistema Jahxon.

El tiempo galáctico define su unidad fundamental, el segundo, como la duración de 8.273.368.593 de oscilaciones de la radiación emitida en la transición entre los dos niveles hiperfinos del estado fundamental del isótopo 133 del átomo de Guhnio (^{133}Gh), a la temperatura de 0 S.

Arbitrariamente, se hace equivaler 4.000 segundos a una hora y, 25 de ellas a un día estándar galáctico, tiempo que tarda Glahän, segundo planeta y cuna política del Gobierno Galáctico, en dar una vuelta completa sobre su eje. Asimismo, 250 de estos períodos se hacen equivaler a un año galáctico, duración que necesita el planeta en dar una vuelta completa alrededor de su estrella.

Curiosamente, y por motivos aún desconocidos, la escritura y pronunciación de las unidades del tiempo galáctico son similares a las que poseía la raza humana en el momento de su descubrimiento por parte del Gobierno Galáctico.

Ühn Medida estándar galáctica de longitud cuyo símbolo es el ü y cuyo valor es equivalente a la distancia que recorre la luz en el vacío durante un intervalo de 1/299.792.458 de segundo. Sus múltiplos y submúltiplos más comunes son los siguientes:

Submúltiplos			Múltiplos		
Valor	**Símbolo**	**Nombre**	**Valor**	**Símbolo**	**Nombre**
10^{-1} ü	dü	decühn	10^{1} ü	daü	decaühn
10^{-2} ü	cü	centühn	10^{2} ü	hü	hectühn
10^{-3} ü	mü	milühn	10^{3} ü	kü	kilühn

Virus informático En la sociedad galáctica actual, altamente tecnológica, estos programas son uno de los problemas más importantes a los que se ven sometidas las instituciones, corporaciones y usuarios particulares. Los virus, nombrados así por su similitud a los agentes microscópicos infecciosos, tienen un funcionamiento conceptualmente simple. Al ejecutar un programa que ha sido infectado, este toma el control de los servicios y ejecuta los archivos incorporados al propio virus. Estos ficheros alteran y reemplazan las líneas de código de la programación básica y se propagan de manera nociva por todos los sistemas enlazados con este, consiguiendo causar, en muchos casos, daños irreparables.

El Gobierno Galáctico posee el K'halash, el cuerpo de guerra informática más avanzado de la nebulosa, encargado de vigilar y proteger a todas las civilizaciones que forman parte de la alianza galáctica. Asimismo, sus leyes contra los usuarios de estos tipos de programas se han recrudecido debido a la nueva ola de ataques y de virus avanzados que se han lanzado al espacio, siendo instaurada en muchos casos la condena capital.

Printed in Great Britain
by Amazon

50609134R00127